昔の男友達と同居をはじめたら、実は美少女だった
～距離感があの頃のままで近すぎる～
1
Ryo Endo
遠藤遼
illust. かふか
JN105980

「けーちゃん、またあしたね」
Ma-chan
まーちゃん

「久しぶり。
昔のまんまだね、けーちゃん」
Masaki Kirishima
霧島真咲

「えっと……
こ、こうかな？」

緊張の面持ちで卵を構える真咲。

――たぶんまた失敗する。

圭介はため息をつくと、

「ちょっと触るぞ」と宣言した。

え、という真咲を無視して、

卵を持つ彼女の右手に自分の右手を重ねた。

真咲の身体がびくりとする。

「容器の角か、調理台の固くて平らなところに

ぶつければ卵は割れる。力加減はこのくらい」と、

圭介は真咲の手を握ったまま卵を割ってみせた。

きわめて事務的な表情を装って、
真咲のパジャマに手をかけた。
なるべく見ないように……。
白いブラジャー姿が一瞬見えた。
真咲は背中を向けると、
黒絹の長い髪をまえに回して、
「背中、ふいて」と頼んできた。

「けーちゃん、
私の身体ふいてくれる？」

CONTENTS

Mukashi no Otokotomodachi to dokyo wo hajimetara, jitsuha Bishojo datta

昔の男友達と同居をはじめたら、実は美少女だった 1

～距離感があの頃のままで近すぎる～

遠藤 遼

イラスト／かふか

プロローグ

公園は広くて、遊ぶものも隠れるところもたくさんあって夢のような場所。

でも、けーちゃんは砂遊びが大好きだった。

一生懸命砂を掘って、山を作る。トンネルは掘らない。崩れちゃうから。

「けーちゃん」と、大好きなお友達の声がする。

「まーちゃん」と振り向き、砂で汚れた手を半ズボンの裾で払う。「おそかったね」

「ごめんね」と謝るまーちゃん。半袖半ズボンはけーちゃんと同じだけど、短く切られた髪はつやつやした黒。けーちゃんの明るい茶色とはそこだけが違った。

「なにしてあそぶ？」とけーちゃんが聞くと、まーちゃんがその手を握った。

「あっちでかけっこしよう」

「うん」

かけっこ、かくれんぼ、すべり台。ふたりで公園中を大冒険。

まーちゃんのほうが少し背が低いのに元気いっぱいだ。

けーちゃんは砂遊びが好きだったけど、まーちゃんはちょっと苦手。トンネル作りによく失敗しては悲しそうになり、けーちゃんが「いいよ」と許す。

まーちゃんはブランコも好きだ。

「けーちゃんずるい。ブランコ、じゅんばん」

「ごめんごめん」と謝って、ふたり仲良くブランコで遊ぶ。

疲れたら公園の水を飲んで、ママからおやつをもらってふたりで食べた。

公園には年上の子たちもいて、どこかの悪ガキにちょっかい出されたまーちゃんが泣き出したこともあった。助けなくちゃとけーちゃんは戦いを挑んだが返り討ちに遭った。気づいた近所のおとなが助けてくれたけど……。

ときどき怪我をしたし、けんかもしたけど、楽しかった。

「けーちゃん、またあしたもあそぼうね」

と、まーちゃんがお日さまみたいな笑顔で手を振って帰る。いつもの決まりだった。

「またあしたね」とけーちゃんも手を振り返して約束する。

こんな毎日がずっと続くと思っていた。


けれどもある日。まーちゃんが来なくなった。

またあしたって言ったのに。

笑って手を振ったのに。

砂場の山だけがずんずん大きくなっていく。けーちゃんを呼んでくれるまーちゃんの声がないからだ。

ブランコにもすべり台にも、まーちゃんがいない。

両手で砂を掘る。涙がにじむのは指先が痛いからだけだ。

周りの子たちの声に背を向けて、砂の山を作りつづけるんだ。

砂場からぼくがいなくなったら、まーちゃんがぼくを捜せないから。

くそ。泣かないぞ。

真っ赤な夕日の公園で、もうみんなが帰り始めた。

どこかからカレーの匂いが漂ってくる。

ぼやける目を何度も擦(こす)っていたときだった。

「ごめんね。いっぱい待たせちゃったね」

まーちゃん!?

大喜びで立ち上がったとき——。

スマホのアラームが鳴り、バイブが枕を振動させていた。

「……あ」目を開けた霧島圭介(きりしまけいすけ)は、反射的にスマホを取ってアラームを解除する。「まーちゃんとかって、すっげーガキの頃の夢じゃん」

あくび混じりに圭介は頭をかいた。髪の色は明るい茶色で夢のなかの〝けーちゃん〟のままだが、高校二年生になったいまは寝癖でひどいことになっている。身体も成長し、パジャマ代わりの半袖半ズボンはMサイズになっている。

「今頃、どうしてるのかな……」

夢では最後にまーちゃんが来てくれたような気がしたけど、現実には「あの日」、まーちゃんは来なかった。辺りが暗くなるまで、ただただ砂の山を作り続けていたっけ。心配になって迎えに来た母親にしがみついて、わんわん泣いたのを覚えている。

その母親もそのあとすぐに死んでしまって、いまは父親とふたり暮らし。

幼なじみとの幸せな日々は、遥か遠い過去になってしまった……。

西国分寺高校まで、圭介は自転車で通学している。父親の英一郎とふたりの朝ごはんをさっさと済ませ、父を見送って洗い物をしたあと、圭介も家を出るのが日課だ。

家は、隣近所と同じ顔をした一戸建ての建売住宅。英一郎とふたりだけで住むには広すぎだが、空いている部屋は物置やら本を置いたりするやらで有効活用している。

誰かと一緒に登校したりはしない。

高校は都立の進学校。父親とふたり暮らしの圭介だが、父親の負担を軽くしながら大学に行くためには国公立大学を目指さなければいけない。

西国分寺高校は、国公立進学の実績で選んだ。

圭介としては勉強ができて大学に合格できれば、あとのことはどうでもよかったのだ。

だから、入学当初の自己紹介ではあたりさわりのない内容を平板な声で話し、あとは机に視線を落としながら無表情にクラスメイトの発表を聞き流した。

あとは何日か、休み時間を寝たふりで過ごせば、クラスカーストのスタートには無事に乗り遅れることができる。誰かと仲良くなれば、別の誰かに反発されたりする。誰かに嫌われればそこからエスカレートしていじめの標的になりかねない。どっちも嫌だ。

のんびりとぼっちであったほうが気楽でいい。

ところが、世の中、高校生活にそれ以外のものを求めている人間も結構いた。

今日もそいつらが元気にやっている。

うぇーい、うぇーい、と一種独特な男子生徒たちの朝の挨拶が聞こえた。

賑（にぎ）やかで、男女構わず互いに騒いで、適当に制服を着崩したり、先生に睨（にら）まれたりしながら、何だかクラスの雰囲気をいつの間にか作っていて、たいていは運動部なので体育で元気な連中。

かんたんに言えば、いわゆる陽キャ男子。

原則的に、圭介と相容（あいい）れない種族である。

しかし、例外もある。

「うぇーい。圭介。元気ねぇぞ」と肩を組んできた男子がいる。見なくてもわかる。水本（みずもと）博紀（ひろき）だ。野球部でポジションはファースト、ときどきピッチャー。スポーツマンなさわやかな笑顔で、陽キャ男子の要素はほぼほぼ揃（そろ）っている。

　博紀は圭介と中学から同じで、なぜか妙に馬が合ってずっとつるんできていた。圭介は何事にも目立ちたくなくて、博紀やお元気なみなさまに譲るのが常だったが、それが博紀には無私無我の行動に見えて好ましかったらしい。本当に目立ちたくないだけなのだけど、博紀は明るくさわやかな物の見方からか、好意的に解釈してくれていた。

「別に。いつも通りだよ」

　と圭介は答える。

　小さい頃のちょっと悲しい体験を夢で見たから、とは言わない。

　そのつもりはなくとも低い声――事情を知らない女子からは怯（ひる）まれる――になっているのは、持って生まれた性質。博紀はわかっているので、明るく無視している。

「そっか。ならいいや。あー、一時間目から化学とかって、たりいなぁ」

　と博紀が圭介を解放し、大股に歩く。博紀は野球部だけあって身長一七七センチもある。圭介は一六五センチ。十二センチの差は案外気になった。

　ぶっちゃけ、圧を感じる。

　でかい博紀が歩けば、ときには人に当たる。

「いったーい」という女子の声がした。

「あ、ごめんなさい……って、玲那か。じゃあ、いいや」

と無視して博紀が階段を上ろうとすると、博紀にぶつかられたクラスメイトの木下玲那が、「ざけんな」と博紀の太ももに横蹴りをくれた。

「うお、いってぇ!?　暴力！　朝から暴力だ」

「あんたが先にぶつかってきたんでしょ」

玲那は身長こそ一五〇センチくらいながら、女子バスケットボール部のレギュラー。ショートヘアの髪と中性的なきれいな面立ちで、男子にも女子にも人気がある。どういうわけか、このふたり、よくぶつかっている（物理）みたいだけど。

「圭介。あいつ怖い」と博紀が圭介に隠れようとする。

「俺より十二センチでかい男が、俺で隠れるな」

圭介はすたすたと階段を上がっていく。

どうにも陽キャのみなさんは苦手だった。

最近、視力が落ちて目つきが悪くなってきたと自分でも思っている。

そこにちょっと明るい髪色と、低い声、陽キャのみなさんへのぞんざいな距離感が加わると、あら不思議、硬派あるいは孤高のキャラめいた評価が生まれ、どういうわけだか、圭介はクラスのなかで一種畏怖すべき存在とされていた。

そんなご立派な存在ではない。ぼっちなだけだ。博紀と違って、圭介には声をかけに行く相手もいないし、博紀以外に積極的に声をかけてくれる友達もいない。仮に何らかの偶然で話しかけられても、低い声で「あ。いや。別に」と答えるだけ。それしか答えられないとも言う。

だから、こんな扱い方はある種のいじりなのかなと思っていた。

圭介のほうこそ、陽キャのみなさまがたがちょっと怖いのに。

こんなときに、「まーちゃん」がいてくれたらな、と思う。

陽キャのみなさまの輪に入れる自分とは思わないけど、きっと「まーちゃん」なら一緒にいて疲れないだろう。

クラスのいちばん後ろの窓際の席で、一時間目の準備をしながら思う。

まーちゃんは、今頃どこでどうしているんだろう——。

窓の外に八重桜が咲いていた。パステル画の丘陵のような、こんもりしたピンク色の花があちらこちらを彩っている。

その八重桜を見ながら、一日の授業が過ぎていった。

今日は土曜日で授業が短い。

帰宅部な圭介が帰ろうとしたとき、スマホがメッセージを受信して振動した。

誰だろうと思って見てみたら父からだった。というより、父以外にメッセージをくれる相手もいない。ほとんど家族の内線だった。

買い物のオーダーかなと気楽にメッセージを開いてみたら、とんでもない爆弾だった。

《再婚することにした》

たった一行。それだけだった。

…………は？


誰と、とか、いつ、とか何もない。

再婚することにした、という一方的な意思表示である。

何考えてるんだ、うちの親父は。

「霧島くん。月曜日の日直だよね」と話しかけてきた女子に、思わず「はあ!?」と聞き返してしまった。それだけなのに、女子は「な、何でもないっ」と退散した。

いつもよりやや遅めに英一郎は帰ってきた。

「ただいまー。お、今日はカレーか。お父さん大好きなんだよなぁ」

と英一郎が上機嫌にネクタイを外している。

「親父。昼間のメッセージの件だけど」

「うん。話す。話すけど先にシャワーとごはんにしようや」

内容は真逆のはずなのだが、まるで浮気の追及から逃げるように、英一郎はバスルームに消えていった。

カレーをおかわりしてそれもほとんど平らげ、やっと人心地がついたのか、英一郎はスプーンを止めて口を拭った。

「父さんな。再婚することにした」

「それは聞いた」

「……そんな怖い顔するなよ」

「これは親父の遺伝だ」

「そんなことないと思うんだけど。父さん、眉も垂れてるし」

「そういうのいいから」と睨みたくないけど睨む。こういう父なのだ。子供っぽいというか何というか。学校での人相の悪さも、父へのこういうつっこみに端を発していると思う。

「相手の人はな――」

と英一郎が再婚相手について語り始めた。やさしくていい人らしい。向こうも事故で夫を亡くし、女手ひとつで子供を育てて来たのだという。

「ところで、名前とかまだなんだけど」

すると英一郎は麦茶を飲んで、「そうだったな。——実はおまえも知っている人なんだ」

「は？　俺の知っている人？」

圭介（けいすけ）の交友範囲は狭い。自分でも呆（あき）れるほどに狭い。

知っている人と言われて唯一思い浮かんだのは博紀だった。

しかし、博紀の家はシングルマザーではない。

仮に博紀だったら、暑苦しいだろうなと思う。

仲が悪いわけではないのだけど、学校で会うくらいの距離感がいい。

「わからないか？」と英一郎がにやにやしている。いい父だが、こういうときはちょっとうざい。

「わからん」そんな友達いないぞ、とは心のなかだけでつけ足しておく。

「一緒に公園で遊んでただろ」

「は？」

いつの話だ、と思って、急激に頭が回転する。

公園で俺が友達と遊んでいた頃。まさか、それって……。

「小さい頃、一緒に遊んでいたんだろ？　なんだっけ。おーちゃんじゃなくて」

圭介が遮って答えた。

「『まーちゃん』」

「そうそう。そのまーちゃんのお母さんが再婚相手だよ」

突然のことに、圭介の頭がついていかない。

「あ？　え？」

まーちゃんのおばさん……きれいな女性だったような記憶が微妙に残っていた。

「どうした？　うれしくないのか」

「そんなことないよ」

本当はめちゃくちゃうれしい。まーちゃんのお母さんと会えることがうれしいのではなく、親の再婚でまーちゃんとまた会えることがうれしい。

うれしいのだが、陰キャなのでどう表現していいかわからない。

とりあえず、麦茶をあおった。

麦茶の冷たさが胃に落ちていくのと反対に、不安がこみ上げてくる。

まーちゃん相手でも、一緒に住むって大丈夫だろうか。もう何年も会っていないのだ。どんな奴（やつ）になっているかわからない。不良さんになってたらどうしよう。そこまで行かなくても陽キャなだけで、生活を共にするハードルはぐんと上がる。博紀くらいの距離がよいのではないか。

圭介が小さい頃に母が死んで、それから英一郎はひとりで自分を育ててくれた。感謝しかない。その英一郎が再婚という形で幸せになってくれるなら、それはいいことだと思う。

けど……うーん……。

息子の懊悩をよそに、英一郎が本日二発目の爆弾を落とす。

「明日、引っ越してくるんだ。部屋を片付けておかないとな」

「早ぇよ！」

圭介は立ち上がった。家中の片付けと掃除をばりばりと始めるためだった。

結局、家の片付けと掃除は徹夜になった。

消臭スプレーをこれでもかと使いまくり、かえって気分が悪くなった。

なんとか片付いた頃には、みずいろの朝である。

シャワーを浴びて朝食をとり、ちょっと疲れたなと目を閉じたら落ちていた。

インターホンの鳴る音で、圭介は飛び起きた。

「親父!?」

時計を見ると十時を回っている。

「ああ、来たみたいだな」

「どんだけ俺は寝てたんだ」

疲れててかわいそうだったから起こさなかったと英一郎に言われてしまえば、文句も言えない。

『こんにちは』

という女性の声がした。英一郎が小走りでインターホンに取りついた。

「はい」『堀田です』「あ、お待ちしてました」——。

そんなやりとりがあって、英一郎が玄関に向かった。圭介も一緒だ。寝癖などないように、手ぐしで髪を整える。

玄関の向こうに、スーツ姿の美人が立っていた。その瞬間、時間が巻き戻る。「あ、まーちゃんのおばさんだ」とすぐに思い出した。

「今日からよろしくお願いします」

とその女性が頭を下げ、英一郎が「こちらこそ」と短く答える。

その美人と目が合った。

「お久しぶり、でいいのかな。堀田ゆかりです」

下の名前を初めて知った。

「あ。霧島圭介です——」よろしくお願いします、は口のなかで消えた。

「こら。ちゃんと挨拶しろ」と英一郎に怒られた。

「そんな、英一郎さん。久しぶりだから緊張したんですよね？」

と、ゆかりが仲裁してくれる。「まあ、そうだろうけど」と英一郎が苦笑した。

苦笑したいのはこっちのほうだ、と圭介は思った。親父の奴、だらしなく鼻の下を伸ばして……。

それよりも、気になっていることがある。


まーちゃんはどこだろう。


自分と同い年だったから高校二年生。このおばさんの子だから、たぶんイケメンに育って、それなりに背も伸びていると思うのだが。

けれども、ちらちらと視線を走らせても、「まーちゃん」らしき男子はいない。

代わりにいるのは、ゆかりの背後に隠れるようにしている髪の長い女子である。

長い黒髪は、いわゆるカラスの濡れ羽色(ぬればいろ)とでもいうのか、しっとりとしていながら光沢があった。ゆかりのスーツに重なるようになっていてわかりにくいが、学校の制服を着ている。やはり背は高そうだ。ひょっとしたら圭介より背があるかもしれない。スカートは思い切りよく短め。すらりとした太もものラインはひざからすねを経て白い靴下とローファーに収まっている。

まーちゃんの姉だろうか。

そんなはずはない。まーちゃんはひとりっ子だったから。

圭介の視線に気づいたゆかりが、うしろの娘に声をかけた。

「真咲（まさき）。隠れてないでちゃんと挨拶しなさい」


マサキ?


ゆかりに促された彼女が出てきた。つややかな黒髪に覆われた不安げな顔が、圭介を見てぱっと輝いた。

「こんにちは。堀田真咲です」

きれいな卵形の顔に、三日月のような眉があり、まつげは長くてたっぷりしていた。黒目がちの瞳は楽しげにきらきらと輝いている。色白の肌は血色がよく、頬は桜色に輝いている。鼻筋はすっきりと通って、にこやかに持ち上がった口角の唇は薄い桃色をしていた。

ブレザーの制服姿だけど胸元は上着を押し上げ、緩めたネクタイと外したボタンの隙間から覗（のぞ）く白い首と鎖骨が眩（まぶ）しい。

原宿でも渋谷でも、そのままモデルとして写真撮影ができそうなほどの美少女だった。知ってる。こういう長身系美少女は陽キャなんだ。

「あ。えっと、霧島圭介っす」

と名乗ると、真咲という少女はあらためて大輪の薔薇のように笑った。

何だ、この美少女は。

圭介は怯んだ。

ところが、不思議な感覚が湧いてくる。

初めて会う美少女なのだけど、どこかで会ったことがある……。

芸能人の誰かに似ているのだろうかと考えた。けれども、そういう感覚ではない。

もっと心の奥を締めつける、何か。

笑顔なのに、見ているこっちはどこか泣きたくなってくるような強い懐かしさ。


こういう笑い方をする奴を、ひとり知っている。


遠い日の記憶が、ちらりと圭介にその横顔を見せた。

そんなはずはない、と圭介は否定する。

だって、あいつは。

けれども、この笑い方は——。

「ごめんね。いっぱい待たせちゃったね」

かちり。

真咲の言葉が、圭介の心の奥の鍵を開けた。

「もしかして、やっぱり……まーちゃん？」

いつも公園で一緒に遊んだ幼なじみ。

かけっこもブランコもいつも一緒だった、短い黒髪の半袖半ズボンのまーちゃん──。

真咲の両目に涙がせり上がった。

「久しぶり」とまた笑ってみせた真咲の目尻から涙が一筋こぼれた。「昔のまんまだね。けーちゃん」

そこに立っていたのは、男の幼なじみのまーちゃん……のはずなのに。

現実にいるのは、はち切れそうな魅力に輝くばかりの美少女。

なんなら軽く見上げるほどの長身系美少女に成長した姿。

父親の再婚も、徹夜の大掃除の疲れも、何もかもが吹っ飛ぶ心の叫びが圭介を支配した。

まーちゃんって、男じゃなかったのかよ───ッ!?

第一章・圭介の好きにしていいよ？

霧島家リビング。壁時計の秒針の音がしていた。

「どうだ。幼なじみに会えて懐かしいだろ」と久しぶりにミルを挽いて淹れたコーヒーを四人分配りながら、父の英一郎がにこやかに話しかけた。

「あ。うん」

としか圭介は答えられない。

〝まーちゃん〟こと真咲はと言えば、

「コーヒーありがとうございます、おじさん……じゃなかった、パパ」

「ぱ、パパっ!?」英一郎がコーヒーを吹き出しそうになった。「そ、そうだな。パパになるんだもんな」

「まあまあ」とゆかりが笑っている。「じゃあ、わたしはけーちゃんからママって呼ばれるのかしら」

圭介は、どういう顔をしていいか苦慮する。

秒針の音が耳につく。

「そういえば、アレは持ってきましたか」

と英一郎がゆかりに尋ねた。ちょっと小首を傾げたゆかりだったが、すぐに笑顔になってバッグからアルバムを取り出した。

「これこれ。うちの子とけーちゃんが小さいときに撮った写真」

と見せてくれたのは、昔のまーちゃんとけーちゃんの写真だった。ふたりは肩を組み、ほっぺたをくっつけてむぎゅむぎゅと写真に写っている。

「それ――」

記憶があった。まーちゃんが公園に来なくなる少しまえに、ゆかりが撮ってくれた写真だ。撮ってもらったけれど、肝心のまーちゃんが公園に来なくなったから現像したものを圭介は持っていない。

こんなものを持っているとなると、やはり――。

「見せて見せて。うわー、あたし、ちっさ。ヤバいね」と真咲が嬉々としている。「このときさ、たしかかけっこで一勝一敗で、次が決勝だって言ってたところをママが写真撮ったんだよね」

そんなこともあった。だから写真の圭介は、妙に闘争心に満ちた表情をしているのか。

それにしても、真咲、ずいぶんいまどきのしゃべり方だな……。

「どう？　けーちゃん――もうけーちゃんなんて呼んだらダメね。圭介くん。昔のこと、いろいろ思い出す？」と、ゆかりが気を遣ってか、声をかけてくれた。

「ええ。まあ……」

　そのとき、ゆかりのスマホが鳴った。電話に出たゆかりの表情が曇る。

「英一郎さん。引っ越し業者さんが二時間くらい遅れるって」

「そうですか。……じゃあ、先に区役所に行ってきましょうか」

　親ふたりが立ち上がった。婚姻届の提出だという。

「おまえら、幼なじみだったんだろ？　仲良くやってくれな」と英一郎。

「いやいやいや」

　と、圭介が英一郎に突っ込みを入れている横で、真咲とゆかりはかんたんに話を済ませていた。

「じゃあ、あとはよろしくね」

「うん。圭介くんと仲良く待ってる」

　真咲がにかっと笑って手を振っている。英一郎たちもにこやかに出ていった。

　憮然と、というか呆気にとられているのは圭介だけだ。

　ぱたん、と軽い音を立てて玄関ドアが閉まった。

　真咲がくるりとこちらに振り向く。にやっと、真咲が笑った。不穏なものを感じた次の瞬間――。

「けーちゃん!!　超会いたかったー!!」

笑み崩れた真咲が圭介の両肩をばしばしたたきながら、ぴょんぴょん跳ねた。欣喜雀躍である。

初対面の印象、昔の写真を見たときの話し方、この元気のよさ――。

間違いなく、まーちゃんだ。

まーちゃんだが――陽キャだ。

まーちゃんは離ればなれのあいだに、立派な陽キャさんになっちまっただ。

「痛い痛い」

「けーちゃん、けーちゃん」と、しばらく飛び跳ねていた真咲が動きを止めると、じっくりと覗き込むように顔を近づけた。「ああ、けーちゃん。昔のまんまじゃん」

「近い近い」と圭介が背をそらせる。耳まで熱い。「それよりおまえ、おん……」

「うん?」と長身美少女陽キャの笑顔が迫ってきた。

心なしか大きな胸のふくらみを強調するようにしつつ迫ってくる。

「おまえ、いま俺が『女だったのか』って言いそうになったの聞こえてたろ」

「ふっふっふー」

何よりもまずそれを問いただしたい。自分の勝手な誤解だったとしても、結構ショックなのだから。けれども、それを面と向かって質問できるような感じではない。

「とにかく待ってくれ」また少し逃げて、とにかく目線を外した。女だったんだな、を婉曲的に言おうとしてこんな言葉が口をついた。「なんと言うかその――すごくきれいになったんだな」

刹那、真咲の顔が真っ赤になって爆発する。

「な、何言ってんのよ」と、真咲が少し離れてもじもじした。「暑い」と制服のブレザーを脱ぐ。白いワイシャツが眩しい。

「何で制服なんだよ」

「だって、高校生だからこういうご挨拶は制服だってママが言うからさ。――それより」と真咲がまた笑顔に戻る。昔のまーちゃんの頃の笑顔に似ていた。「けーちゃんこそ、昔のままでかわいいよ?」

真咲がかすかに「見下ろす」ようにした。

こいつ――俺より背が高くなってやがる。

真咲の手が、圭介の頭の上に伸びようとするのを察知した。

「やめろ。俺より背が高いからって、頭を撫でようとするな」

「いいじゃーん。かわいいじゃーん」

「やめんか」十分距離を取って、「おまえ、身長いくつだ」

「一七〇。けーちゃんは?」

「……一六五」動画で見た昔のギャグふうに言えば「あたしゃも少し背がほしい」という

やつだ。真咲、その身長、俺に五センチよこせ。

「大丈夫だよ。トム・クルーズだってそんなに身長ないし」

「トム・クルーズさんは身長一七〇センチある。欧米人にしたらやや小柄かもしれないが、俺とは別世界の人間だ」

　低い声で早口に言った。真咲が若干引いている気がするのは、気のせいだろうか。

「ま、まあ、大丈夫。あと、あたしは小さい頃からちゃーんと女の子だったんだからね」

　今度こそ頭を撫でに来る。

「だから近い！」

　髪の毛やらシャンプーの香りやらが圭介の顔をなぶり、ときにはワイシャツ越しの胸のふくらみやらが迫る。極めて危険。

「逃げなくてもいいじゃん」と頰を膨らます真咲。

「実は本物のまーちゃんの妹でした、なんてことはないんだよな」

「ないない。どこまで疑り深いのさ。ブランコ順番待ち事件とか、帰るの遅くなってママが迎えに来た事件とか、あたしがどこかの男の子にいじめられて泣いちゃったとき、けーちゃんが立ち向かって返り討ちに遭った事件とか、ぜんぶ話そうか」

「やめてくれ」ぜんぶ身に覚えがある。

「ということで、あたしがまーちゃんです」

両手を腰に当てた真咲が笑う。胸を張るといちだんとふくらみの大きさが強調された。半袖半ズボンのまーちゃんにはなかった凶器だ。破壊力ありすぎ。

ふと思い出す。公園で遊んでいた頃の思い出だ。

『けーちゃんのほうが、せがたかい』

とむくれるまーちゃん。

『ぎゅうにゅうのんだら、おおきくなるっておかあさんがいってた』

『じゃあ、まーちゃんもぎゅうにゅーたくさんのむ』

そんなやりとりもあった……。

この身長とスタイルは牛乳の賜物か。

牛乳、強し。

色白の肌の見える胸元を見つめすぎないように目をそらした。

「っていうか、おまえ、自分のお母さんの再婚相手が、俺の親父だって知ってたの？」

「最初からじゃないよ？　でも、ママから相手の名前聞いて、男の子がいるって聞いて。んで、住んでる場所聞いて。『これ、けーちゃんじゃね？』ってなって」

それで母のゆかりにあれこれ聞いてみたら、圭介に間違いがなかったという。

「マジかよ」

「そっからはあたしがばりばりママの背中押して。引っ越しとか婚姻届とかを来月とか夏とか言ってたのを、今日に繰り上げさせたし」

どうやら徹夜で部屋を整理するハメになったのは、真咲が原因らしい。

「なんで俺に教えてくれなかったんだよ」

真咲がすねた。

「だって、けーちゃんの連絡先知らなかったし」

「あ、そうか。……すまん」

と頭を下げると、真咲がころころと笑った。

「ううん。しょうがないよ。だっておたがい、スマホなんて昔は持ってなかったんだから」

「そうだよな……」

「ふふ。そんな申し訳なさそうな表情、昔にそっくり」

何だか恥ずかしい。不意に、「いま現在の素の圭介」のしゃべり方が出る。

「——リビング戻ろうぜ。ここでずっと立って待っててもアレだから」

うん、と数歩歩いた真咲が小さく手をたたいた。

「引っ越しの荷物が来るまえにさ、荷物を入れる部屋を見せてもらってもいい？」

「ああ。いいよ」

と圭介は真咲を二階へ案内する。圭介が階段を上がる後ろから、軽快な足音が続いた。

二階には圭介の部屋があり、英一郎の部屋があった。トイレもある。奥に物置に使っていた部屋があり、そこが真咲の部屋になる。ゆかりは英一郎と同じ部屋を使う予定だった。

「うわ。すごーい。めちゃくちゃきれいにしてくれてる」

部屋を覗いた真咲が目を丸くする。

「まあな」

カーテンも何もない部屋は、とても明るくて暖かかった。

「ひろーい」と真咲が部屋の真ん中で両手を広げてくるりと一回転する。制服のスカートが遠心力で浮かび上がった。圭介の目にばっちりスカートの中身が見えてしまう。

「い、一応六畳はあるから」

「こんなに広いところ、いいの？」

「いいと思うよ。親父も何も言っていなかったし」

「やったぁ。いま使ってるベッドお気に入りだから、すごくうれしい」黒髪をきらめかせながら、「ありがとね。圭介」

不意に名前で呼ばれてどきりとした。「け、『圭介』？」

「やっぱさ、もう大きくなったんだから、『けーちゃん』呼びもどうかと思うんだよね。

かといって、さっきみたいな『圭介くん』っていうのもなんか照れるし。一応、義理の兄妹だし。それとも『けーちゃん』のほうがいい？」

陽キャの得意技、《距離つめ》に違いない。

「いや、あー、どっちでもいい」

本音を言えば、どっちも困るような気がしていた。

こんなおとなびた美少女に、下の名前で呼ばれた経験はない。

幼い頃のあだ名で呼ばれた経験は、もっとない。

「うーん」と真咲が考えている。「じゃあ、外では『圭介』メインで両方使おう」

圭介は渋い表情になった。「けーちゃん」呼びは昔からされていた。成長したら「圭介」になるのもわかる。男の幼なじみならすんなりわかる。ところが、相手は笑顔のまぶしい女子だったのだ。そんな真咲から「けーちゃん」とか「圭介」とか呼ばれる……。

慣れるまで時間がかかりそうだ。

二階の間取りを改めて説明すると、真咲が元気に手をあげた。

「はい！　圭介の部屋が見たい」

「……俺の部屋？」たぶんクラスの女子なら悲鳴を上げて逃げ去るほどに、引きつった表情を圭介はしていたはずだ。

だが、真咲は軽やかに髪を揺らしながら、圭介の部屋のドアノブに取りつく。

「開けていい？」

最後に確認する良識はあるようだ。

「いやだ」

「えー。いいじゃん」

「ダメ」

「エッチな本とか探さないから」

「そういうこと女子が言うなよな!?」

真咲が楽しげに笑っている。「やっぱり圭介かわいい」

「うっせ。……そういう、自分の部屋にぽんぽん人を入れたり、人の部屋に自分が入ったり、俺はあんまりしないから」

すると真咲がきょとんとした顔になったあと、上目遣いにはにかんだ。

「あたしだって、他の男の子の部屋なんて入ったことない。けーちゃんの部屋だから見てみたいんだよ」

圭介は渋い表情になりながらも、ため息をついた。

「まーちゃんだけ特別な」

真咲が目を輝かせた。「うんうん。『まーちゃんだけ特別』って、小さい頃もあったよね」

「そうだっけ」

家からこっそり持ってきたお菓子を分けるときや、気に入った場所を教えるとき、砂遊びで山にトンネルを掘るとき、まーちゃんにそう言ったのだった。

圭介がドアを開けると、真咲が「お邪魔しまーす」と、なかを覗き込んだ。

「何もおもしろいものはないと思うけど」

ととと、と入った真咲が、興味津々に部屋を見回す。

無垢材でできた机、本棚、ベッド。おかげで部屋の色調は明るい。本棚は教科書類を中心に漫画と小説が少し。机の上にはノートパソコン。あとは小さめのテレビ。それほど珍しいものはないはずだ。

「ふーん」

「何もないだろ」気恥ずかしい。さっさと出たい。

ところが真咲は圭介のベッドに腰掛け、くつろぎ始めた。

「男の子の部屋ってこんなふうになってるんだ。もっとこう、『グラビアー!』みたいなポスターとか、『アニメー!』みたいなグッズとか」

「そういう奴もいるだろうよ。他の男の部屋なんて、それこそ行ったことないから知らないけど」

真咲がベッドから立ち上がると、一言ことわって本棚の数学の参考書を手に取った。

「うわー。勉強しっかりやってる。まじめな部屋だねえ」

「そんなでもないよ。テレビでゲームとかするし」

「え？　ゲーム？　マジ？　どれ？」

と、真咲が四つん這いになった。長い髪と短いスカートがゆらゆら揺れている。この格好はマズい。ほとんどスカートのなかが見えてしまう。

いわゆる幼なじみ相手の無警戒なのか、陽キャのノリなのか。

「そ、そこじゃない」と慌てて圭介が机の引き出しからス○ッチを出した。

「おお。いいねえ。あたしもゲーム大好き」

「そうなんだ」

なぜだろう。共通の話題が見つかったはずなのに、緊張がまったく収まらない。

「何やってるの？　やっぱスプ○トゥーン？　スマ○ラ？　マ○カー？」

「そのへんは親父がやりたがって入れたけど、俺はドラ○エとかひとりでやるのメイン」

オンラインゲームなんてものはやらない。恐ろしい。顔の見える相手でも苦手なのに、顔の見えないネット上の他人なんてどう対応していいかわからない。

「へー」

「……まーちゃんはどんなゲームやるの？」

少し考えて、昔の呼び方にしたのを真咲は気づいたようだ。

「あたしのこと、『真咲(まさき)』でいいんだよ?」

「えっ……」

真咲が圭介からゲーム機を受け取る。

「もうあたしたち高校生なんだよ? 『まーちゃん』のままでもいいけど……圭介の好きにしていいよ?」

好きにして……。

圭介は首を激しく振って妄想を振りほどこうとした。

だが、かえって彼女の髪の甘い香りを思い切り吸い込む結果になって、「まあ、考えとく」と言ってベッドに腰を下ろす。

すると、真咲が圭介の横に座った。

「だからさ……ふたりでやろ?」

真咲の顔が近い。

「え? な、なにを……」

真咲の顔がますます近づいてくる。

思わず目をつぶろうとしたそのとき、真咲の腕が圭介の横を通過した。

真咲がそばにあったゲーム機を摑(つか)んだ。

「これ、やろ?」

「へ？」

「あたし、ゲーム得意じゃないけど、なんかふたりでやろ？」

隣から甘い香りとやさしい温かさが感じられる。圭介はやれやれと頭をかきながら、

「それじゃあ、マ〇カーで」

テレビにゲーム画面を映して、ふたりでコントローラーを握った。

ちなみに、「ゲーム得意じゃない」と言った真咲は、鬼のように強かった。まーちゃんの嘘つき。

第二章・「またあしたね」って言った約束、破ってごめんなさい………

婚姻届を出した英一郎とゆかりが家に戻ってきた。書類上の不備もなく、「おめでとうございます」のあっさりした一言で、ふたりは夫婦となり——霧島英一郎・ゆかり夫妻として——区役所でできる諸々の手続きをして帰宅したのである。

「真咲も圭介くんも、待ちくたびれているかしら」

「そうかもね。でも、幼なじみで兄妹になったのだから、仲良くやっているだろう」

やや険しい表情で英一郎が答える。この表情のときの英一郎は照れているのだと、ゆかりは知っていた。

子供たちは二階かしら、とゆかりが階段を上がると、圭介と真咲の声が聞こえてきた。

『いまそういうこと、やめろって』

『やめない。ずっとこのチャンスを待ってたんだから』

『おま、そういうの早すぎ。……あっ』

『うふふ。あたしからは逃げられないんだからね』

声は圭介の部屋から聞こえる。

ゆかりは耳まで熱くなって、ドアを開けた。

「あんたたち、何をやってるの!?」

ゆかりの声にス○ッチのコントローラーを握った圭介たちが振り返る。

テレビ画面では、ドン○ーコングが一位でゴールし、胸をたたいて喜んでいた。


リビングでお茶の準備をしながら、ゆかりがご機嫌斜めだった。真咲は「ごめんごめん」と軽く謝っている。

「まったく。誤解されるようなことはしないでね」

「だから、ごめんて」

リビングにコーヒーの香りが流れてきた。

英一郎たちの帰宅に合わせるかのようにやってきた引っ越し荷物の搬入は一時間半ほどで済んだ。搬入から設置までお任せのプランだったので、ゆかりと真咲が業者にあれこれ指示を出すだけ。やることのない圭介は引っ越し業者さんに「お、お疲れさまです」とか「む、麦茶いかがですか」とか言うばかり。微妙に作業の邪魔だったかも……。

荷物が収まる部屋に収まってしまい、梱包の段ボールも引き取ってもらってしまうと、まるでまえから一緒に住んでいたようにゆかりと真咲は家の風景に馴染んで見えた。

それらを踏まえて。

ゆかりをどう呼べばいいのだろう。

英一郎（＝親父）と呼び方を合わせるなら「お袋」なのだが、いきなりそれはないだろう。「お義母さん」か。言い慣れない。真咲と同じ「ママ」呼びは難易度が高い……。

そんなことを考えていても、ときどき先ほどのマ○カー対決に意識が戻ってしまう。

真咲は激しかった。カーブのたびに身体が動いてしまうのはレースゲームあるあるだが、真咲は踊りのように激しかったのだ。髪が圭介の顔にかかる。肩がぶつかる。胸が当たってくる。挙げ句の果てには負けたときに仰向けにベッドに倒れたり、勝ち逃げしようとした圭介にボディプレスを仕掛けたりした。それだけ動いていれば汗もかくわけで、シャンプーと汗の混じった女子の香りに圭介は翻弄されるだけの対戦だったのだ。

「これからは兄妹なんだからね」とゆかりが真咲をたしなめている。

「はいはい」と答えて、真咲がひとりぶつぶつ言う。「……さっきのは女の子にしてはちょっと攻めすぎだったかな。恥ずかしぬ」

ゆかりと真咲がコーヒーを持ってきた。

まさか、まーちゃんにコーヒーを淹れてもらう日が来るとは。

あー、暑い。ゲームに集中しすぎて暑い。そんなことを言いながら真咲が襟元をぱたぱたしている。

白く豊かな胸元は目の毒だ。

あらためて思う。

これまでずっとまーちゃんを男の幼なじみだと思っていた。

だが、いまここにいる真咲は女子であり、まごうことなき美少女である。

背も高く、スタイルもよく、明るくて、颯爽としている。

昔のような距離感で一緒にいるのはいけないと思う。

家庭内不純異性交遊みたいに思われるのも甚だ心外であり、やれやれである。

親が再婚で幸せになってくれるのはうれしいし、父や義母に迷惑をかけたくない。そんな圭介にまずできることは、よい成績を取り続けることくらいだろう。

ならば煩悩退散。少年老い易く学成り難しである。

そんな圭介の思考も知らず、真咲は「にへへ」とカップを持って笑いかけてくる。

……こういうところは、やっぱり『まーちゃん』のままだな。

「ふう」とブラックコーヒーで一服。

「圭介。あたしの部屋を見せるよ。さっき圭介の部屋、見せてもらったから」

「い、いや、別にいいよ」

「えー。それじゃ不公平じゃん」

よくわからない理屈と共に、圭介は二階に引っ張っていかれた。

「そんなに引っぱるなって」

「――だって、ママとパパ、ふたりっきりにしてあげたいじゃない」

「あ、そっか」圭介は首肯した。自分は両親のことを考えていると思ったけど、真咲も同じなのだと少しうれしくなった。「そうだよな」

「まったく。……いろいろ鈍いんだから」

「え？」

「はいはーい。あたしの部屋でーす」

と、圭介が心の準備をする間もなく、女の子の部屋が開示される。

「ほおー」と老人みたいな声が出た。

初めての女の子の部屋は、比較的シンプルな印象を受けた。

無垢材（むくざい）の机と本棚は、形や大きさは違うが圭介が使っているものと同じで、落ち着く。

ただ、ちょっとしたところに女の子らしさが出ていた。

ぺんぎんやあざらしなどのぬいぐるみ。

カーテンや本棚の目隠しになっているオレンジや黄色などの暖色系の布。

ベッドのシーツはピンク色で、枕の横にも小さなぺんぎんなどのぬいぐるみがあった。

わが家にぬいぐるみ。見慣れぬ取り合わせで、しげしげと見つめてしまった。

「感想、それだけじゃ、逆に恥ずかしいって」と真咲がまつげを伏せて、髪を耳にかける仕草を何度もする。「もっとないの？　感想的なもの」

「もっとこう、アイドルのポスターとかあるのかと思ってた」

「アイドル興味なし」

「じゃあフィギュアとか」

「そういうのはラノベのなかだけじゃない？　それに、圭介の部屋にもその手のもの、なかったじゃん」

真咲がなぜか楽しげに微笑む。

「ふふ。あたしたちって離ればなれだったのに、どっか似てるんだね」

どう答えていいかわからなくて、圭介は、

「初めてだけど、女子の部屋としては俺的にはポイントがいいほうにプラスになった」

とか、変なことを口走っていた。

「何それ」

「――女子ってなんか怖いじゃん。いつも複数でいて、なんかこそこそしゃべってて、くすくす笑ってて」

「そんな子ばっかじゃないと思うけど」

「そういう女子への恐怖心を数値化したもの」

「じゃあ、さっきの『いいほうに』っていうのは？」

「女子への警戒心が減る方向」

真咲は目をきらきらさせると、

「でも、こういうのはあるんだよ」

と、本棚から『キュート』という雑誌を取り出した。「この春のデートコーデ最前線」とか書いてあって、いくつかのページに付箋がある。

人生でまず手に取らない雑誌だなと思ったが、付箋のあるところを開かれて驚いた。

「この写真、まーちゃん？」

何人かのモデルのなかに真咲の写真がある。春らしいワンピースにデニムジャケットを肩にかけた真咲が、はにかんでいた。

「うん。読モ。ときどきだけど、中学の頃からやってる」

見比べてしまう。あたりまえだが、同じ顔だった。同じ顔なのに別世界のよう——。

モデルのようにきれいだと思ったけど、ほんとにモデルだったんだ。

真咲が頬を赤くした。「あらためてまじまじと見られると、恥ずかしいんだけど」

「ああ、悪い」なぜか圭介は慌てる。「でも——リアルのまーちゃんのほうが、いい」

真咲の顔が真っ赤になった。

「けーちゃん、それって」

「あ、いや、ごめん。変なこと言った。うん。モデル。すごいと思う」

「ありがと」と真咲がうつむき、はにかんだ。雑誌の写真と同じで、魅力的だった。

真咲がベッドの上に座った。身体が揺れ、胸も揺れる。隣を促されたけど、圭介は椅子を借りることにした。

「――親父とお義母さんの再婚、認めてくれてありがとう」

圭介がそう言うと、真咲はちょっと驚いたあと、小さく笑う。

「ふふ。何それ」

「何か話題がないかなと思ったら、口をついて出た」

「あはは。ウケる」真咲が姿勢を正してぴょこんと頭を下げた。「こちらこそ、ふつつかな母ですが、ありがとうございます」

ひと呼吸おいて、ふたり同時に吹き出した。「ふふ」「あはは」

「堅苦しかったり、息苦しかったりするのは苦手だ」

あたしも、と言った真咲だったが、不意にまじめな顔つきになった。

「あのさ。圭介さ。もしかして……」

「うん？」

「あたしに、怒ってることとか言いたいこととか、あるんじゃない？」

圭介は結構真剣に考えた。「……特にないと思う」

「嘘」と真咲に言い切られる。「だって、圭介、昔より表情が怖いときがあるから」

「それは――親父の遺伝だよ」

けれども、真咲は許さなかった。「そうかな」

じっと圭介の目を覗き込んでくる。澄んできれいな瞳だった。まるで心の底まで見透かされるみたいで、圭介はつと視線を外す。

すると真咲は立ち上がって、圭介が座っている椅子の背もたれに両手をおいて、覆い被さるようにしてきた。真咲の顔がどアップになる。その目尻に涙が溜まっていた。

「な、なんだよ」

「あたしはある。圭介に――けーちゃんに言いたいこと」

「お、おう」こういうのは苦手だ。目つきが怖い。何を怒ってるの？　いつも睨んでいじめてるの？　そんな糾弾が続くのが常だからだ。「言いたいことって？」

真咲は声を震わせ、しゃくり上げながら言った。

「『またあしたね』って言った約束、破ってごめんなさい」

真咲の両目の涙が決壊する。圭介は呆然とした。

「な、何を――」

「だからっ」真咲が涙もふかずに想いを絞り出す。「また明日って約束したのに、それっきり二度とあの公園に行けなかった」

圭介の喉が熱くなった。視界がぼやける。


またあしたね。

うん。


子供の頃、毎日公園で遊んでいたふたりの、いつもの別れの挨拶であり――最後の言葉。

「またあしたね」と言ったのに、真咲は――まーちゃんは、もう来なかった。

圭介の胸の奥がずきりとする。古い鈍い痛み。古いくせに、いまでも夢に見る痛み……。


圭介が黙っていると、真咲が続けた。

「あの日の夜、パパが交通事故で死んじゃったんだ」

「!!」知らなかった。

真咲の父はその日、仕事が遅くなってしまって、急いで家に帰る途中に居眠り運転をしていた車にひかれて亡くなったのだという。

病院の霊安室での対面もそこそこに、葬儀の手続きや事故の後始末などが、遺された妻のゆかりに一気に押し寄せた。まだ幼稚園児の真咲が力になれることもなく、ただ呆然とゆかりのそばに、あるいは物言わぬ父の骸のそばにいるしかできなかった。

親戚への対応。火葬の段取り。家で落ち着く間もなく役所や亡夫の職場を行き来し、並行して真咲を育てるための職探しにゆかりは奔走した。真咲はゆかりに手を握られて、そのすべてに一緒に行ったそうだ。

何とか仕事を見つけたゆかりだったが、当時の家からは職場は遠すぎる。好条件で迎えてくれる会社に応えるため、ゆかりはすぐに引っ越しをして休む間もなく働き出したのだという。それがいまの職場だった。

話を聞きながら、夫の死の悲しみを忘れるためにも、ゆかりは迅速な引っ越しを選んだのだろうと圭介は思った。

涙顔になりながら話し終えた真咲がつけ加えた。

「……あたし、ずっとけーちゃんに謝りたくて」

しかし、未就学の子供同士だ。住所も電話番号も知っているわけがない。

圭介は手を伸ばして、真咲の頭に置いた。

「俺こそ――ごめん」

「え？」

「ほんとのこと言えば、ちょっとだけ恨んでた。まーちゃん、どうして来ないんだろう。風邪でも引いたのかな。それにしては何日経(た)っても来ないな。俺のことが急に嫌いになったのかな。そんなふうに思っちゃってた」

「そうだよね。だから」

ごめん、と言おうとする真咲を遮る。

「ごめんっ」圭介の大きな声に、真咲がびっくりしていた。「親が死ぬのって、堪えるよな。つらいよな。自分も母親を亡くしてるのに、俺、全然そこまで考えていなかった。昔だけじゃなくて、いまこの瞬間まで。事情を全然知らないで、怒って、いらついて、俺のほうこそ本当にごめんなさい」

圭介の声が震える。涙が止まった真咲が、圭介の顔を覗き込んだ。やめてくれ。きっと俺も泣きそうな顔をしているから。

「けーちゃんっ」

突然、笑顔を見せて真咲が抱きついてくる。

「うぎゃあ」変な声が出た。

「けーちゃんはやっぱりやさしいね。また昔みたいに一緒に仲良くしよ？」

「わ、わかった。わかったから……」

制服のワイシャツ姿の美少女に抱きすくめられ、動転する。

しかも、身長だけでなくあれこれ大きい。息ができなくなる……。

「今度はずーっと一緒だよ？」

「わかったから！」

力尽くで引き剝がすと、真咲は「きゃん☆」とか言って離れた。

「ひどいよ、圭介」

悲しげに上目遣いで下の名で呼ぶのはやめてほしい。

「距離感！」

「こんなの、仲のいい女子の友達同士なら普通だよ」

「ほんとかよ」圭介のなかで女子への恐れが二ポイント増えた。「けど、男女でこれはないだろ」

「けーちゃんだけ特別。うれしい？」

「そうじゃない」圭介は椅子に座ったまま、真咲はフローリングにぺたんと座った状態で話は続く。「今日、俺たちの親が籍を入れたから、俺たちはその、兄妹になった」

「圭介のほうが誕生日早いから兄になるって、真咲、知ってる」と真咲が跳び上がって圭介の両肩をぽんぽんたたいた。「ね？　ずっと一緒にいられるじゃん」

「その距離感！」

われわれは兄妹であり、かつ高校生である。幼少時の親友のノリで肉体的あるいは精神的に密接するのは社会的外聞がよろしくないと推察される。むしろ、世に聞くところの高校生兄妹ともなれば、妹が兄を嫌っているような状況がしばしばであり、云々。

真咲が吹き出した。

「ぷ。もしかして、圭介は女子高生の妹から足蹴にされたい性癖？　ヤバくない？」

「そんな性癖はない！　話聞いてないだろ⁉」

再び教導と説諭に戻ろうとしたとき、ふと壁に掛かった制服のブレザーに目が行った。

今日来たときに、真咲が着ていたものだ。

あまりじろじろ見てはいけないと思って胸元のエンブレムを確認していなかったが。

椅子から降りて圭介はブレザーに近づく。

「あ、やっと気づいたぁ？」

あっけらかんとしている真咲に、圭介は軽いめまいを覚えながら尋ねた。

「この制服って……」

「うん。けーちゃんと同じ学校の制服だよ。これが部屋に来てもらいたかった理由。けーちゃん、全然気づかないんだもん」

真咲、横ピース。

圭介の頭の中が真っ白になった。

これから、家だけでなく学校でも真咲と一緒……？

喜ぶべきなのか、悲しむべきなのか。

家の裏のおばあちゃんの笑い声が聞こえる。バラエティ番組でも見ているのだろうか。

いますぐ、自分もげらげら笑って現実逃避してしまいたい。

第三章・世の中ではホールケーキは切り分けるものか

父親が再婚した。義母の連れ子は、昔、男だと思っていた幼なじみだったけど、久しぶりに会ったそいつは、びっくりするほどの美少女で、同じ高校に転入してきた。

追記、幼なじみの親友は、自分より背が高くなっていた。

その幼なじみ、堀田真咲（ほったまさき）——すでに親が入籍したので圭介と同じ名字の霧島（きりしま）真咲——は転校初日からクラスのみんなに囲まれていた。

「霧島さん、っていうと、霧島くんとごっちゃになるね」

と至極真っ当な問題点を口にしたのは、バスケ部のエースであるイケメン女子の木下玲那（きのしたれな）だった。

こんなやりとりを眺めている理由は、「同じ高校」というだけではなく、真咲と「同じクラス」にもなっているからだった。

席も近い。

窓際のいちばん後ろが圭介。その隣が真咲だった。

義理の兄になったんだから、彼女が新しい高校で困っていることがあったら手伝ってやれ。担任が軽く圭介の家の個人情報を暴露してくれてこういう席になった。

玲那は一発で真咲が気に入ったらしい。小柄だが元気なバスケ美少女と、すらりと背の高いモデル系美少女の組み合わせ。それだけで圭介には畏怖すべき対象だった。女子への恐れポイントが一増えた。

でも、真咲がクラスになじめるのはよいことだと思う。

「まーねー」と真咲が笑っている。「よかったら真咲って呼んで？　まえの学校でも男子からも女子からもそう呼ばれてたから」

おおー、というよくわからないどよめきが起こる。

真咲の周りに人だかりができ、圭介はそれを冷ややかに後ろから見ている。真咲に興味を持った連中が多すぎて、席に戻れないのだ。

「おい。めっちゃかわいいじゃんかよ」と水本博紀が教室の後ろのロッカーにもたれている圭介に声をかけた。「紹介してくれよ」

「紹介も何も。自力で挨拶すればいいじゃんかよ」

「いや、お義兄さんの許可をいただこうかと」

「はあ？」

「嘘です。ごめんなさい。そんなに睨むなよ」

「……そんなに睨んでたか」

少し離れた、真咲を中心としたクラスメイトの人だかりが、どっと笑った。

「きり、真咲さんって髪きれいだし、顔きれいだし、スタイルめっちゃいいし、モデルとかできそう」と玲那が目を輝かせている。なんか、見えないワンコの尻尾がぱたぱたしているように見えた。

さん付けしなくていいって、と言った真咲が小さく笑った。「少しだけ読モのバイトしたことあるよ」

クラスメイトがまたしてもどよめいた。

「なんて雑誌？」

「恥ずかしいから内緒」と真咲がはにかむ。

「おいぃ、モデルがクラスメイトってヤバいだろ」

「霧島圭介、モデル級美少女とひとつ屋根の下ってどういうことなんだよ」

一部男子の矛先が圭介に向かってきた。圭介は「なりゆきでそうなっただけだ」と答えるだけ。

「きれいだとは思っていたけど、モデルだったのかよ」

と博紀がびっくりしている。

「らしいな」知ってたけど。

今日の真咲は転入初日だけあって、真新しい制服が初々しい。ボタンもネクタイもきちんとしているのだが、それはそれでまた凜々(りり)しく、絢爛(けんらん)としていた。

どこか、毎日同じことの繰り返しなだけの教室に、さっと明るい光が射し込んだ感じがする。転校生というのはそういうエネルギーがあるように思った。

授業が終わるたびに、真咲は誰かしらに囲まれている。人数は増減を繰り返していた。たいへんだな、と思う。

まあ、休み時間のたびに自分の席から離れざるを得ない自分もたいへんではあるが。

クラスメイトの質問攻めにあう真咲をぼんやり見ていると、ごく稀に目が合う。

「けい……」と真咲が呼びかけようとするが、玲那が「でさでさ。部活とか決めた？　女子バスケ部とかどう？」と話しかけ、真咲は笑顔でそちらに戻る。

玲那が女子バスケ部への勧誘を始めると、ソフトボール部や女子バレー部のクラスメイトも声をかけ始めた。

ところで……。

いまもしかして、俺に話しかけようとしていたのだろうか。

でも、真咲も、もうわかっているはずだ。

圭介がクラスでは主流派ではない——要するに陽キャの連中とどう接していいかわからず、距離を取って静かにしている陰キャの側の人間だと。

あまり自慢にもならないし、情けないなと思うけれど、真咲にはどんどんクラスで明るく楽しくやってほしい。

そんなふうに「妹」の幸せを願うのが「兄」というものでしょ。


昼休みになると、真咲が声をかけてきた。

「圭介。お昼とかって――」

「ああ。弁当持ってきたよね」

「うん」

そんな言わずもがなな会話をしていると、玲那がクラスの席をぬって真咲のまえに出現した。

「真咲ちゃん、バスケットで敵陣をかいくぐる動きそのものだ。

「真咲ちゃん、みんなで一緒にお弁当食べよ」

「あ。うん」と真咲が笑顔を見せた。

あっというまに女子グループが真咲を囲んだ。

「俺たちも一緒にいい？」

と博紀たちが声をかける。

「あ？」と玲那がすごい声を出す。「転校初日なのに、真咲ちゃんに変なちょっかい出さないでよね」

「新しいクラスメイトなんだから、俺たちだって仲良くしたいじゃん」と博紀。

「とか言ってるけど。真咲ちゃんが嫌なら追い払うよ？」

と玲那が確認すると、真咲は顔のまえで手を振った。

「そんなことないって。あたしもみんなと仲良くしたい」

玲那たちが真咲の周りの席の机を動かし始めた。女子グループが一緒にお弁当を広げ、玲那たちと仲のいい男子グループがご相伴するようだ。クラスの中心メンバー——「陽キャ」である。

当然、圭介の机も必要だろうから、圭介は弁当を持って席を立った。

「席借りていい？」と玲那が聞く。

「いいよ」と答えて圭介は教室から出ていくことを選んだ。

さて今日はどこで弁当を食おうか。北階段の上のほうか、校舎裏か……。

「け……」と真咲が立ち上がったのが見えた。

「はいはい。真咲ちゃんはこのままでオッケー。さ、食べよ？　お腹すいたー」

玲那の悪気のないおもてなしの渦に、真咲はのみ込まれていった。


やれやれ、と思う。

けれども、よかったな、とも思う。

真咲がクラスに溶け込めそうで、だった。

玲那たちのようなクラスのメインの連中と一緒になれたのなら、高校生活も楽しいだろう。もともと真咲のコミュ力は高そうだし。

玲那たちと制服のアレンジやお化粧の話をしていた真咲を思い出しながら、そんなふうに思う。

母ひとり子ひとりで苦労もあったはず。

これからそんな苦労から真咲が解放されるなら、うん、けーちゃんはきっとうれしい。

ひとり階段のいちばん上の踊り場で食べる、冷たくなった玉子焼きの味のように、圭介には関係のないことだけど。


そう言えば部活はどこに入るのだろう、と真咲のことを考えつつ、圭介は帰宅した。

「ただいまー」

誰もいないとわかっているのだが、これを口にすることで外と内を区別する。習慣というか儀式のようなものだ。

ところが、だった。

「おかえりー」

二階からの足音と共に真咲の声がした。

「え？」

玄関にTシャツ短パン姿のモデル美少女がやってくる。髪と両胸が激しく揺れていた。

「自転車、超こいで先に帰ってきたんだ」

「なんで」

「圭介に早く会いたかったからに決まっててんじゃん」

「なんだそりゃ」

美少女にそんなことを言われると誤解しそうで怖い。

「汗かいたから、いま軽くシャワー浴びたところ。宿題さっさと終わらせて、また——

あっ」

急に真咲が両腕で胸元をかばうようにして身を縮こまらせた。

「うん？　どうした？」

真咲の頬が赤い。「な、何でもない。ちょっと待ってて」

「えっと。俺は家に上がっていいんだよな」

「いいよ。ただし、いまあたしの部屋に来ないで」

「行かない」

圭介が上着を脱いでカバンを置き、麦茶を飲んでいると、真咲が元気に登場した。

「あらためて、おかえりー。ふふふ。なんかいいよね。『ただいま』って言ったら『おかえり』って返ってくるのって」

「うん。そうだな」圭介にも、その感じはとてもよくわかる。「どうかしたのか」

「乙女の秘密。……ブラしてなかったなんて恥ずかしすぎ」

「なんだって？」

「なんでもない」と答えたあと、唐突に真咲は少し頬をふくらませた。「あのさ、今日急いで帰ってきた理由はさ――ちょっと話があるんだけど」

すごい美少女に怒られるのは初めてだ。ひどく緊張する。

「何？」

「そんなに睨まないでよ」

「すまん。これは親父の遺伝だ。――で、何かあった？」

真咲はしばらく怒ったような困ったような表情をしていたが、

「圭介、学校であたしのこと、避けてる？」

「はぁ？」

ものすごく変な声が出た。心外にもほどがある。

けれども、圭介のその声に真咲は口をへの字にして、目元を真っ赤にさせ始めた。

「そんな言い方……ひどい」

「え。いや。ごめん」訳もわからず謝る圭介。「俺、そんなつもり全然ないぞ」

「嘘だよっ。あたしが『圭介』って呼ぼうとするたびに目線そらしたり、どっか行っちゃったりするじゃん」

「え？　そんなことしてないよ」

「してるよっ」

詰問されて、圭介は困った。圭介から見れば、真咲が圭介に何か言おうとするたびに玲那に邪魔されているとばかり思っていたのだが……。

「あのさ」

「なにさ」

目を赤くして真咲がむくれている。

その表情が、びっくりするほど子供じみていて——そこにはおとなびた美少女の真咲ではなく、一緒に公園を走り回ったまーちゃんがいた。

だから、申し訳ないけど少し笑みがこぼれた。

「俺ってさ、今日見てわかったと思うけど、クラスの主流派じゃないんだよ。どっちかっていうと陰キャ。弁当なんかはだいたいひとりで食べる」

「ひとり……」

「階段のいちばん上の踊り場？　屋上に出られない階段とかは狙い目。あと校庭のどっかとか校舎裏のどっかとか」

「教室では食べないの？」

「主流派の連中がいないときは、自分の席でひとりで食べるよ。でも何かの拍子に人が多くて、俺の机も寄せたいんだろうなと思うときは、どっか行く」

たとえば今日みたいに。

真咲が怪訝（けげん）な顔になった。

「どうしてそんなことするの？」

「別にそう聞かれて理由があることではないけど。——目立ちたくないから？」

玲那や博紀（ひろき）たちみたいなのは柄でない。けど、真咲がそいつらと一緒になって騒ぐのが楽しいタイプなら——要するに「陽キャ」なら、それをどうこう言うのも違うと思う。

「あたし、圭介と学校でもわちゃわちゃできると思ったのに」

「それに義理とはいえ兄妹なんだから多少はわきまえ……」

真咲が額に手を当てた。

「ちなみになんだけど、圭介はそれで楽しい？」

「え？」

「そんなふうにあちこちに気を使って、学校生活が楽しいかってこと」

「楽しくないわけではないよ」

「微妙な答えだね。——厨二病（ちゅうにびょう）をこじらせているとか、人間強度がーとかいう感じではないみたいね」

「がっつり聞こえているんだけど？」

真咲はにぱっと笑った。

「うん。いじめられてるわけじゃないなら、よしとしよう」

「……？」

「いじめられててハブになってるんだったら、ちょっと考えるけどさ、けーちゃんが自分で考えて自分で選んでいるんなら、それは尊重しないとね」

「まーちゃん……」

驚いた。陽キャの特徴として、陰キャの考えを理解できないというか、陰キャをかわいそう的に思って、陽キャの世界に連れていこうとする連中が多かった。

ところが、「そういう考えもアリだよね」と真咲はありのままを認めてくれたのだ。

やっぱり、小さい頃の真咲のままじゃないんだな……。

ちなみに、こんなふうに圭介に接してくれたのはいままでは博紀だけだった。だから、博紀とはなんだかつかず離れずでいるのだ。

突然、真咲が頭を抱えた。

「あああ。でも、けーちゃんと学校でも遊べないなんてありえなくない!?」

「まーちゃん？」

「けーちゃん、あたしのこと避けてたわけじゃないんだよね？」

「それは、そうだよ？」

　しばらく頭を抱えていた真咲が、真剣な顔で迫る。

「あたしはあたしで、こういう性格だから玲那たちとわちゃわちゃするのが楽しい。だけど、そこにけーちゃんも一緒にいてくれたら最強だと思うっ」

「最強……」何が強いのだろう。

「だから、あたしはあたしでけーちゃんにも声かけるっ」

「ほえ!?」変な声になった。

「別に陽キャになってほしいって意味じゃないけどさ。ってか、幼なじみで同じ家に住んでるのに学校で口きかないのってガチでおかしくね、って」

「ま、まあ、そうかもしれないけど」

「だから、なんか適当に声かける。気が向いたら答えてよ」

「答えなかった場合は？」

「家でからむ」

「それじゃ答えるしかねえじゃねえかっ」

　真咲がけらけらと笑った。

「あははは。やっぱけーちゃんサイコー。学校でも同じようにやればいいのに」

「……やってるつもりだけどな」

けれども、「まーちゃん」が相手でなければ見せない顔もある。

「オーキードーキー」

と真咲が敬礼していた。やれやれ。

圭介がネクタイを緩めながら、

「今日は早く帰ってきたけど、まーちゃん、部活はどうするの?」

「部活?」と真咲が首を傾げた。

「運動、できるんだろ?」小さい頃から足も速かったし。「木下がずいぶん熱心にバスケ部を勧めてたんじゃね? 他の部活も」

「木下……ああ、玲那ね。断った。まえの学校と同じで週一ですむ茶道部にする」

「意外だな。どうして」

どの運動部でも大活躍しそうなのに。

けれども、真咲はごく当然のように言った。

「部活もいいけどさ、やっぱりいい成績取ってママを安心させたいじゃん? 茶道部なら運動部と違って勉強時間が確保できるし。隣のクラスで茶道部の花岡楓子さんって子も、いい人そうだったし」

圭介は真咲のきれいな顔をまじまじと見つめる。

そういえば、昨日、圭介の部屋に来たときに数学の参考書をさらっと見ただけで、難しい問題をやってるねと言っていた。

　あれは、難しくてわからないという意味ではなく、難易度を正確に把握できるくらいきちんと勉強しているという意味だったのか。

　真咲も圭介と同じく、自分をひとりで育ててくれる親に心配をかけたくないと勉強をがんばっているのだ。

　そのくせ、圭介のあり方や個性は大切にしてくれる。

　こういう幼なじみ、有り難い——。

「なんか、そういうの、いいよな」

　と圭介は口のなかで呟いたのだが、

「え？　何？」

「なんでもねえ。宿題、俺もさっさと終わらせるから」

　圭介はカバンから教科書とノートを出した。


　珍しく定時で上がれたゆかりは、急ぎ足で家に帰ってきた。新しい家族。新しい家。今日は平日だけど、何かおいしいものを作りたかったのだ。

「ただいまー」

　玄関を見れば、子供たちの靴があった。リビングが薄暗い。二階からどたんばたんと音がした。二階にいるようだ。

階段を上がると、圭介の部屋から声が漏れてくる。


『いやいや。そんなとこかけないで』

『黙れ。もっとやってやるから』

『ああっ。ヤバいヤバい。どこもかしこも圭介の色にされちゃう』


ゆかりは赤面した。

「あんたたち、兄妹なのに何やってるの!?」

ドアの向こうでは、スプ○トゥーン2の熱戦が繰り広げられていた。

圭介のア○リの勝利だった。


まったく、紛らわしいことはしないでってあれほど言ったのに。とかなんとか言いながらゆかりが台所に立っていた。

大丈夫大丈夫。そのへんはわきまえてるって、と真咲が笑いながら食器を並べる手伝いをしている。

台所に女性が立っているのが、圭介には新鮮だった。対面式のキッチンではないので、正面は見えないのだが、その背中に「て、手伝いましょうか」と引きつりながら声を発する。けれども、あまりに小さな声で聞こえなかったようだ。悲しい。

食器を並べ終えると、真咲は自分の腕の匂いを嗅ぐ仕草をした。

「ママ。ゲームで汗かいたからごはんまえにもう一度シャワー浴びてくる」

火を使い始めたゆかりが「はいはい」と見送ると、リビングを出ようとした真咲が圭介を呼んだ。

「一緒に入る？　小さい頃、水かけまくったみたいに。リアル・スプ◯トゥーン」

圭介は耳まで熱くなった。「やめておく」

あはは、と陽気な笑いと、終わったらアラーム鳴らすからという言葉を残して、真咲がバスルームへ消えた。

真咲がいなくなって、圭介は無言でリビングにいる。

ゆかりが料理をしている。

……気まずい。

これでは何も手伝わない怠け者みたいではないか。

けれども、どう声をかけたらいいのか。

さっき声をかけたのに届かなかったので、すでにこっちの気持ちは折れかかっている。

お義母さん、とまだ呼んでいないし。真咲がいれば真咲を仲立ちにしてゆかりに話しかけられるのだろうけど。

　そういう、自分が話せる相手を仲介役にして、話しにくい相手に言いたいことを伝えるやり方は、できる。

　さっき、小声で話しかけられて、聞こえなかったんだろうけど無視された感じだし。もう一回声かけたほうがいいんだろうか。

　っていうか、向こうから話しかけてきてくれないかな……。

　そんなささやかな願いが天に通じたのか、ゆかりが料理をしながら話しかけてきた。

「圭介くん」

「あ、はい」

「やっぱり小さい頃、真咲のことを男の子だと思ってたの？」

「あ、ええ。そっすね」

　ゆかりがこちらを振り向いた。

「ふふ。なんかそんな気はしていたのだけど、小さい頃だし、まあいいかって、わたしがすませていたせいで、びっくりさせちゃったよね。ごめんなさいね」

　そう言うゆかりの微笑(ほほえ)みが、いまの真咲によく似ている。

「いや、大丈夫っす」

「ふふ。小さい頃かわいかったけーちゃんが、こんな高校生になるんだね。おばさん、びっくり――あ、もうお義母さんだった」

「あ、そうっすね。もう『お義母さん』っすね」

勢いに任せて呼んでみた。ゆかりがちょっと目を丸くする。ヤバかったかな、と思う。

けれども、ゆかりは微笑みに戻ると、「そう。『お義母さん』だね」

照れくささと安心感がない交ぜになった気持ちがした。

「あの、なんか手伝いましょうか。俺、親父(おやじ)とふたりのときには料理とか結構やってたんで」

「ほんとに？　うちは、真咲にせめておいしいものを食べさせたくて、ずっとわたしが料理はがんばってきたから、あの子、包丁まともに使えなくって」

「そうなんですか」

真咲の知らなかった一面が知れたのは、ちょっと楽しい。

そのとき、浴室からのアラームが鳴った。

「あら。もう真咲があがったのね。――圭介くん、入ってきちゃいなさいな」

「え。でも――」

「だいたい終わってるし」とフライパンの中身を皿に移しながら、ゆかりが言った。「手伝ってもらうのはまた今度で大丈夫」

「はあ……」

声をかけるタイミングを摑めなかった圭介は、お手伝いに失敗した。子供か、と思いながら浴室へ向う。ノックすると、「どーぞー」という真咲の声がした。

ドアを開けると湯気と共に、胸が詰まるほどの濃いシャンプーの香りが鼻腔を満たす。頭にタオルを巻いた真咲が化粧水をつけていた。よく、女子は眉毛を描いているとかいうけれども、真咲はそんなことはないようで、すっぴんも普段とほとんど変わらない。

真咲が鼻歌を歌いながら保湿をしている。

先ほどまでと違う柄のTシャツになっていた。いい感じで着古されて、布地はやわらかく、薄くなっているのがわかる。シャワーで温められた真咲の肌が、桃色に輝いている。うなじや、ときどき見える脇のラインが、変に色っぽい。胸元や遠慮なしに見せつけているような太ももの肉感的な丸みを見てしまうと、「どうしてこいつを男だと思っていたのだろう」と真剣に悩んでしまう。

それはそれとして。

「あのぉ」圭介は声をかけた。

「ん？」鼻歌がやんだ。

「そこにいられると、入れないんだけど」

男子とはいえ、さすがに同い年の女子高生の目の前で全裸になる度胸はない。

けれども真咲はにっこりすると、「いいよ。あたし、気にしないから」

「は？」

「だって小さい頃は上半身裸で水遊びとかしてたじゃん」

夏の公園で水遊びをしまくって服が濡れ、結局、上半身裸になったこともあったような記憶はうっすらある。

けれどもそれは小学校に入るまえの出来事であり、何よりも「同じ男同士だ」と思っていた頃の話だ。

「いつの話をしているんだ!?」

圭介は真咲を〝ぺっ〟と追い出して、服を脱ぐ。

肝心のバスルームにも〝真咲の匂い〟が充満していて、圭介は悶絶した。

父の英一郎がケーキの箱を抱えて帰ってきた。

「本当なら昨日、いろいろなお祝いをするべきだったのだろうけど、買い忘れていた」

とのことだった。入籍、引っ越し、幼なじみの再会——あるいは真相発覚など、慶事が重なったのは事実だ。

夕食は四人揃って食べた。ゆかりが作ったアスパラガスの肉巻きや筑前煮はどれもおいしかった。おいしかっただけでなく、圭介が作るよりもなぜかやさしかった。その人の雰囲気や思いみたいなものが料理にのるのだろうか。

昨日からそうなのだが、四人で食事というのがなんとも言えず新鮮だった。

隣を見ると元気溌剌美少女が、しっかりごはんを頬張っている。

「ん～。今日もおいしいっ」

女子がもりもり食べる姿を間近で見たのは初めてだ。一般的にこういうものなのかはわからない。けれども、おいしそうに食べている真咲の笑顔は幼い日のままだった。


『けーちゃん、かけっこしよ？』

『けーちゃん、すべりだいであそぼ？』

『けーちゃんは、ぶらんこがじょうずだね』


そんな声が聞こえてくるようだ。懐かしいというだけではすまない思いを感じる。

「圭介、どうした。あんまり食べてないな」

と英一郎が見咎めてきた。「口に合わなかった？」と、ゆかりが心配する。

「いや、そんなことないよ」と筑前煮を次々に口に入れた。

なんだか泣き出したくなるような味がする。

「ふふ。けーちゃんの食いしん坊、昔のままだもんね」

「……おまえもな」

夕食のあと、英一郎が買ってきたケーキの箱をテーブルに置いた。

「新しい霧島家の門出を祝おう」

大きなデコレーションケーキだ。生クリームたっぷりでイチゴもふんだんに載っていた。

これなら食べ盛りの高校生ふたりを含む四人で食べても十分だろう。ケーキの上の飾りのチョコレートには「みんなしあわせに！」という言葉が書かれている。

「すごい！」と真咲が目を輝かせた。

ゆかりが紅茶を淹れる。

フォークが四本並べられた。

英一郎が手を合わせて、「じゃあ、いただきま……」

「え!? パパ、ちょっと待って」と真咲が止めた。

「どうした？」と圭介が尋ねると、真咲はゆかりと顔を見合って言う。

「このケーキ……切らないの？」

今度は圭介と英一郎が顔を見合う番だった。

「……そっか。世の中ではホールケーキは切り分けるものか」

「え。圭介、それ以外にどうやって食べてたの？」と真咲。「まさかひとり一ホール？」

「親父とふたりだから切らないで、ホールのままフォークでわしわしと食べてた」

家にある包丁ではホールケーキがうまく切れない。どうしても包丁にクリームやスポンジがべったりついてしまって、見た目も損なわれる。だから、そのまま食べるほうが理にかなっている。そんなふうな、家庭の風習だった。

「うーん」と真咲がちょっと微妙な顔をしている。

「家族だから別にいいかと思っていたけど、うちだけのやり方だよな」

たしかに出会ったばかりの義母と同じケーキをつつくのは気が引ける。

もっと言えば、幼なじみとはいえモデル級の美少女義妹と一緒のケーキを食べるのはいけないと思う。

「で、でも、もう家族なんだし。圭介と一緒のケーキとかって……」

真咲がぶつぶつ言っている。頬が赤い。

「いや、真咲、親父と一緒のケーキをつつくのはなしだろ」

と圭介が言うと、真咲が軽く衝撃を受けた表情を見せた。

「え。あ。たしかにパパとそういうのはちょっと早いというか、なしよりのなし？」

「…………」英一郎が若干ショックを受けている。

「あ、でも、けーちゃんならどんと来い」

「どんと来ない」

「でも、家族なんだし？　どんと来いっ」

「繰り返す。どんと来ない」

ゆかりが台所でホールケーキを切った。英一郎や圭介が切るよりは上手に切っていたが、やはり包丁にクリームがついている。そのクリームを真咲が指ですくって舐めていた。

「へへ。こういうの、おいしいよね」

真咲と圭介それぞれのまえにひとり分のケーキが置かれる。英一郎とゆかりのまえには大きめにカットされたケーキがひとつだけ出された。

「これは？」と英一郎がゆかりに尋ねる。

「子供たちはお年頃だし、それぞれにケーキ一個ずつとして。英一郎さんとわたしは大きめのをひとつ」

「ふーん？」と英一郎が首をひねる。

「ほら。同じケーキを一緒に食べましょ。家族の証として」

とゆかりが照れていた。まるで十代の少女のようだ。

「ごちそうさま」と真咲がにやにやしている。英一郎まで真っ赤になった。

英一郎たちがひとつのケーキにフォークをつける。

それを見ながら、圭介も自分のケーキを食べ始めた。

「甘くて、うまい」

生クリームもスポンジも、口のなかでとろけるようだった。

第四章・家のなかにふたりっきりなんだけど⁉

父親が再婚し、真咲と一緒に暮らすようになって少し経ち、カレンダーはゴールデンウィークとなった。

「ゴールデンウィークだね」と真咲。

「ゴールデンウィークだな」と圭介。

家はしんとしている。リビングにシャーペンの音だけが響く。

圭介と真咲はリビングテーブルで向かい合って宿題をしていた。

「お昼だね」

「お昼だな」

かりかりかりかりかり。

いま、家には真咲と圭介のふたりしかいない。

言うまでもないことだが、ゴールデンウィークは休日である。学校は休みであり、会社員も休みの人が多い。再婚した親たちも、ゴールデンウィークは休みだった。

けれども、いま家のなかに両親はいない。

なぜか。

事の発端は、ゴールデンウィークに入る少しまえに遡る――。

いつものように夕食を終えてお茶を啜っていると、英一郎が圭介と真咲に相談してきたのである。

『今度のゴールデンウィーク、行きたいところとかしたいこととか、あるか？』

温かい緑茶を味わいながら、圭介は首を横に振った。

『別にないけど』基本的にインドアである。

長期の休みに入るまえ、英一郎が圭介に休みの予定なり要望なりを聞いてくるのは毎度のことだった。

父の気遣いはいつも感じているが、外に出なくて全然平気な圭介の場合、むしろまず英一郎にも思い切り眠って身体を休めてほしいと思っている。

『真咲はどう？』とゆかりが水を向けると、スマホをいじろうとしていた手を止めて、真咲がこう言った。

『っていうか、パパとママこそどうしたいの？　入籍して最初の長い休みじゃん』

すると英一郎が素知らぬ顔で、いま思いついたとでもいうふうに、『あー、そうだなぁ。そう言われてみればそうか。せっかく家族四人になったんだし、みんなでどこかに旅行でも行きたいかなぁ』とやや棒読み気味に答えた。

ところが、真咲は頬杖をつくと言ったのだ。『そんなのやめようよ』と。

『新婚旅行、行ってきなよ』

圭介は真咲を見返した。自分には思いつかなかったことだ。こいつなりに気遣って、踏み込んだり引いたり考えているのだろうなと思うと、急に彼女がおとなに見えた。

『だったら、なおさら家族四人で旅行を』と言いかけた英一郎を、真咲が遮った。

『どこの世界に、こんなでかい子連れの新婚旅行があるのよ？　年なんて関係ないし、再婚だって別にいいじゃん。いまの結婚は初めてなんだから新婚旅行だよ。夫婦水入らずで行ってきなって』

と真咲がさらに後押しする。

『ふたりだけで大丈夫？』と、ゆかり。

『へーき、へーき。圭介は友達の家に泊まるみたいだし』

と言いながら、真咲がなぜかテーブル下の圭介の足を蹴っ飛ばしてきた。

『痛っ。なんだよ』

『あ、ごめーん。ちょっとぶつかった』

わかってるよ。ちょっと待て。圭介は自分のスマホをいじり始めた。『俺もこっちに残る。ちょうど博紀んとこに泊めてもらえそうだし』

嘘である。いまから博紀のところに《かくかくしかじか。泊めてくれ》メッセージを送っているのである。

よしよし、と言いたげな真咲の笑み。後方腕組み彼氏面ってやつかよ。まったく。

博紀から返信が来た。《悪い。部活で忙しくて泊めてやれない》

どうしたものか……。

その間に親たちは『せっかくそう言ってもらえるなら』と話が進んでいた。

圭介は黙って、隣の真咲に博紀のメッセージを見せた。

真咲が花束のような笑顔になって、『大丈夫だよ』とか言ってきた。

『大丈夫って、家のなかに俺たち――』

『幼なじみなんだから、問題ないよ』と真咲が小声でささやいた。

結局、圭介は真咲とふたりっきりで家に残ることになってしまったのである。


そういうわけで、まずは宿題をやっている。

今年のゴールデンウイークはいくつか平日を挟んでいたが、英一郎(えいいちろう)もゆかりも有給を使って休みをつなげ、フランス、ドイツ、イタリアを巡る旅に出ていった。

「そういえば春休みにパスポートを作らされたっけ」

と圭介が思い出すと、真咲も宿題の手を止めた。

「あたしも」

「その頃から旅行計画立ててたのか」

　四人でヨーロッパ旅行。楽しそうではあるが、お金がかかる。宿題もあるのだから、遠慮せずに置いていってくれていいと思う。自分の旅行代のぶん、新婚旅行でおいしいものを食べたり、現地でゆかりにプレゼントを買ってやってほしい。あとできれば、真咲におみやげを――。

「キャンセル代、何とか間に合ったのかな」と真咲。

「旅行会社の人が知り合いだから特別に何とかなったって言ってたよ」

「よかったね」

「うん」

　リビングにシャーペンの音が響く。

「……じゃなくって！」

　なぜか真咲が半ギレになった。ぐーというお腹の鳴る音がする。真咲が赤面した。

「お腹すいたか」

「お腹すいたっ」向かい合っていた真咲が開き直った。「お腹もすいたけど！　家のなかにふたりっきりなんだけど!?」

　圭介は狼狽えた。「幼なじみなんだから、問題ない」とは真咲の台詞だったではないか。

「な、何を急に言い出すんだよっ。――数学、終わりっと」

「あたしも数学終わった」頬を赤くした真咲が立ち上がって、圭介の隣に座った。「ご褒美ちょうだい」

「ご、ご褒美？」

「あたし、がんばってると思うんだよ？　勉強もがんばってるし、読モでお金も稼いだし、ママとパパの新婚旅行をふたりっきりにさせてもあげたし」

ずいずいと真咲がアップになってきている。

「う、うん。そうだな」

「自分で『あたしがんばってる』なんて、かっこ悪いかもしれないけどさ」

「そんなことねぇよっ」その点については圭介は即座に否定した。「そんなことは絶対にねぇ」

「けーちゃん……」真咲の目尻にかすかに涙が浮かんでいる。

自分たちはそれぞれ事情があってひとり親の家庭に育った。親のがんばりを見ていたのだ。だから自分たちもがんばった。褒めてもらいたくても、認めてもらいたくても、抱きしめてほしくても、親だって忙しいしつらいんだと自分に言い聞かせてきた。圭介がそうだったから、真咲だってそうなのだと思う。

「まーちゃんは、すげーがんばってるよ」

「ありがと。だからさ……ご褒美ちょうだい」

その声のトーンが妙に色っぽくて、生唾を飲み込む。

「お、俺にできることなら」

真咲が黒目がちの目をきらきらさせながら、言った。

「頭をなでなでして？」

「なでなで？」

「ほら、昔、よくしてくれたじゃない」

思い出した。


幼なじみ時代の話だ。

公園で遊んでいるとき、かけっこにしろ、ブランコにしろ、それほどふたりに差はない。

けれども、ときどき真咲が圧倒的に勝ったり、新しい遊び方を発明したりした。

そんなとき圭介は〝まーちゃん〟の頭をなでなでして、その功績を称(たた)えていた。

『まーちゃん、すごーい』

『えへへ』

『てんさーい』

『むふーん』

〝まーちゃん〟は鼻を膨らませて自慢げにしたものである。

それをしてくれ、と真咲（まさき）は言っているのだ。

「……わかった」

座る向きを変えて、向かい合う。真咲がわくわくした表情で待っている。圭介は恐る恐る、キューティクルの輝く彼女の黒髪に手を伸ばす。

っていうか、俺が触っていいのか。こんな――。

なでなで。触れるか触れないかの距離で圭介は手をかすかに動かして引っ込めた。

真咲がむくれる。

「そんなんじゃ物足りない～」

「そんなこと言ったって……」と反論しようとしたが、真咲の瞳の切実さに気持ちを入れ替えた。「じゃあ、しっかりやるからな」

うん、と真咲が答える。圭介は深呼吸をした。がんばって笑顔を作る。

「まーちゃん、すごーい！」なでなで。

「えへへ！」

「天才！」なでなでなでなで。

「もっと言って」

まーちゃん最高、かわいい、かっこいい――。

圭介は真咲が満足するまで、頭をなでながら褒め言葉をたくさん降らせた。

俺なんかがこんな美少女の頭をなでていいのかとか思ってしまうが、それで真咲が満たされるならいいだろう……。


「頭なでなで」による褒め褒めタイムが一段落すると、一時くらいになっていた。

「ごはん、どうする？」

「カップ麺とか？」

「カップ麺も嫌いじゃないけど、米も食べたい」

「いいねえ」

「チャーハンでも作ろうか」

するとと真咲が元気に手をあげた。「あたし手伝う」

「……できるの？」ゆかりからは、真咲は料理下手だと聞いている。

「失礼な」と唇をとがらせる真咲。しかしその目はあらぬ方向を見ている。「チャーハンくらいかんたんですぅ」

「チャーハンって案外難しいんだけど」

「余裕余裕」とピースする指の爪の長さがやや気になる。

「じゃあ、卵ひとつ割って」

「うい。どお？　似合う？」

Tシャツ短パンの真咲がややゆったりしたエプロンを身につけた。Tシャツの袖が短いせいでエプロンの下は何もつけていないように見える。目の錯覚は恐ろしい。

「卵よろしく」

はーい、と褒めてもらえなかった真咲が作業に戻る。

その間に圭介は玉ねぎを取り、皮をむいて半分くらいみじん切りにしていった。

冷蔵庫から卵を出した真咲が、おっかなびっくり器にぶつけてみる。

「あれ、割れない」「もう少し力入れて」「こう？」「まだ足りない」「こう!?」「ひびが入っただけだね」

などとやっているうちに、ハムと一個だけあったピーマンも刻んでしまう圭介。

「とりゃ！」と気合と共に真咲が卵を打ちつける。軽い音がして、卵がぐしゃりと割れた。

けーちゃーん、と真咲が情けない顔になる。もう一度、と卵を出して試みるも、砕けた。

都合三つの卵が砕け散ったところで、圭介はストップを言い渡す。とりあえず砕けて使えなくなった卵は掃除してしまうと、新しい卵を取り出した。「こうやるんだよ」と、お手本を見せようとしたら、どうしても自分がやりたいと真咲が止めてくる。

「だって、女の子なのに卵ひとつ満足に割れないなんて、イヤじゃん」

涙目の真咲を見ていたら、卵を無駄にするほうが問題だ、とは言えない。

「いままで料理はお義母さんに任せっきりだったんだろ」

「……はい」と真咲がうなだれた。「でも、これからはちゃんとやりたいの」

負けん気は昔のままだな、と頭をかき、卵を渡す。

緊張の面持ちで構える真咲。

――たぶんまた失敗する。

圭介はため息をつくと、「ちょっと触るぞ」と宣言した。え、という真咲を無視して、卵を持つ彼女の右手に自分の右手を重ねた。

真咲の身体がびくりとする。

「容器の角か、調理台の固くて平らなところにぶつければ卵は割れる。力加減はこのくらい」と、圭介は真咲の手を握ったまま卵を割ってみせる。今度は殻だけが割れた。真咲が両手でその卵を開いて、中身を器に出した。

「で、できた」

振り向いた真咲の顔があまりに近くて、その吐息が顔にかかって、圭介はどきりとした。

圭介は顔を背けると早口にまくし立てる。

「もし料理を覚えたいなら、俺が少しは教えられると思う。卵がもったいないし、親の金ももったいないし」

「お料理教えてくれるの？」

「まあな。そうしてもいいんだけど」と圭介の視線が真咲の指先に落ちる。

「もしかして、爪が長い？」

「いわゆるギャルほどじゃないんだろうけど、料理をするにはちょっと長いかなーって」

調理の大原則は衛生管理なのだ。

わかった、と言った真咲が爪切りを持ってきた。

「切るね」

「そんなあっさりと……いいのか？」

「ぜんぜん問題なしだよ」

ところが真咲は爪切りを圭介に渡した。

「うん？」

「圭介が爪切って」

「は？」

「大丈夫大丈夫。ほら、昔はママに切ってもらってたし」

「昔って、公園で一緒に遊んでた頃だろ？」

「早く、シて」

真咲が圭介に手を預けた。真咲の指の細さとやわらかさに、圭介はどきりとした。

「ほんとうにいいんだな？」

「痛くしないでね？」

爪切りに真咲の爪を差し入れ、切る。ぱちん、という乾いた音と共に、真咲が顔を歪めて「あっ」と声をあげた。

「どうした」

「ちょっと痛かっただけ。でも、大丈夫」

「もうやめよう？」

「ここまでしたんだから最後までシて」

真咲の表情があやしい。痛みへの恐れと未知の感覚への期待が混じった――恍惚とした表情になっている。

ただ爪を切っているだけなのに、なぜか背徳感を感じる。

「じゃあ、行くぞ」

「うん」

ぱちんぱちんと爪を切るたびに、真咲は「あっ」とか「ううっ」とか身体をびくびく痙攣させた。

右手が終わる頃には真咲は真っ赤な顔になっている。圭介はうつむき加減で、互いに目も合わさなかったけれど、真咲は左手を黙って差し出した。

圭介が無言でその手を取る。

「ひうっ」

爪を切られた真咲がのけぞった。

真咲、こんなにかわいかったっけ？

身長があってスタイル抜群のおとなびた美少女が、いまは無力でいたいけな美少女となって、圭介の（爪切りの）意のままになっている。

「まーちゃん……」

「けいすけぇ……」

爪切りが終わっても真咲の表情がとろけていた。もうこんなの、幼なじみではない。圭介は真咲の瞳に吸い寄せられるように近づいていき――。

ピンポーン。

圭介と真咲は弾（はじ）かれるように距離を取った。お届け物でーす、とインターホンが告げている。

届いたのはまとめ買いセールで買った洗剤だった。

「も、もう爪切りは終わったからな」

「そうそう。ごはんを作ろう。あー、お腹（なか）すいたー」

ふたりは妙にテンション高くチャーハンを作り、カップ麺を準備してお昼ごはんにしたのだった。

第五章・あたしってそんなに魅力ない？

昼食後、ふたりはしばらくゲームで戦っていたが、気づけば西日になっていた。

「もうすぐ夕方か」と圭介は伸びをした。「買い物でも行ってくるか」

ちょうど真咲のドン○ーコングの車がトップでゴールしたところだった。

「イェーイ。──あ、買い物？」

「ああ。卵買っておきたい」

ダメにした分を含めると、いきなり卵が四つなくなったからだ。

「ううっ……ごめんなさい」

「問題ないよ」と圭介が立ち上がると、真咲も跳び上がった。

「あたしも行く！　卵ダメにしたの、あたしだし。それにこの辺の道、早く覚えたいし」

「……まあ、そうだよな」

小さい頃一緒に遊んだのだから、真咲も近所に住んでいたはずなのだ。けれども、当時は幼稚園児。十年以上の月日が経っている。町並みも変わっているだろうから、周囲の道を覚えたいという真咲の気持ちは理解できた。

ふたりで外へ出た。真咲は上機嫌だ。

「五月晴れだねー」

「そうだな」圭介はごく普通の、つまりどこか不機嫌そうな顔で歩いている。「あんまり横にひっつかないでくれ」

「どうして？」

「……俺のほうが背が低いから」

「そんなのあんまり気にならないよ」

「気になる」

花桃があちこちに咲き、鯉のぼりが飾られている家がちらほら見えた。

「そういえば、もうすぐ五月五日だけど、圭介のところは五月人形とか鯉のぼりとかは飾らないの？」

「うーん。小さい頃は飾ったけど、親父も忙しいから何年かは飾ってないな」

「あることはある？」

「あるよ」

「じゃあ、あとで飾ろう。あたしがやるから」

青空のように笑う真咲を見ながら、圭介は道を曲がった。

「こっち」

「あ、そっちだっけ？」

本当は駅やスーパーとは反対方向である。けれども、圭介はそちらにいま行きたくなったのだ。

しばらく歩いていくと、真咲の表情が変化した。

「もしかして、この先って……」

左手に生け垣が見えてくる。そこは圭介にはひどく馴染(なじみ)がある場所であり——真咲にも見覚えがある場所のはずだった。

子供たちの声が聞こえる。

「かっぱ公園。俺たちが小さい頃、遊んでた場所だ」

真咲が小さく駆け出し、公園の入り口で立ち止まった。

「懐かしい——」真咲が潤んだ瞳で周りを見回した。「公園の入り口の公衆トイレ、小さなかっぱのオブジェ、桜の木がいっぱいで、あっちに水飲み場があって……」

「何年か前に遊具が変わったんだ。すべり台とか、妙に前衛的になったろ」

「ほんとだ。シンプルなのも生き残ってるけど、奥のヤツは見たことない。柵のところって、子供プール？」

「ああ。すげえきれいになったろ。でもおかげでお気に入りだった砂場はつぶされちゃったけど」

「えー」と真咲が目を丸くする。「けーちゃん、悲しかったでしょ？」

「でも、俺が小学三年生の頃だし」

初夏の陽射しにソメイヨシノの葉が濃淡を作っている。昔のままに、いまも子供たちは元気に走り回っていた。ブランコは今日も人気だ。

「ここで一緒に遊んでたんだね」

公園で遊ぶ子供たちのどこかに、昔の〝まーちゃん〟と〝けーちゃん〟がいまでもいるような気がする。

圭介は少し向こうの白い箱状の建物を指さした。

「あっちにあるのが小学校。幼稚園の頃はあんまり気にしてなかったけど、あそこの小学校に俺は通ってた」

「ということは、あたしも引っ越さなかったら一緒の小学校だったのかな」

「たぶんな」

「一緒に小学校に通ったりして。やってみたかったなぁ」と真咲が過去を懐かしむような表情をしていた。

そんな未来もあったかもしれない。

けれども、もしそうなっていたら、小学校の入学式にランドセルの色と着ている服で〝まーちゃん〟が女の子だとたぶんわかっただろう。そうなったら、自分の性格なら「女となんて遊べない」と妙な距離ができて、それっきりになっていたかもしれないとも圭介は思う。

「…………」

圭介が黙っていると、真咲は再び桜のように笑った。

「でも、いいや」

「え？」

「だって、引っ越しちゃったせいで小学校のときの思い出は一緒に作れなかったけどさ、ママが再婚したおかげで圭介と一緒に暮らせるようになったんだし。ラッキーって」

通りすがりのご近所のおばさんが「一緒に暮らせるようになった」という言葉に怪訝な表情をしながら去っていく。あ、同級生のおばさんだったような……。

「言い方」

「こうして一緒に暮らすようになったんだから、いままでのぶんもたくさん思い出を作ろうね」

「だから言い……」圭介はやれやれとあきらめながら、「そうだな」

「へへ。そうだ、けーちゃん。久しぶりにかけっこしよっか」

「しない。ほら、行くぞ」

「あ、待って。ちょっとあっちに行きたい」

と真咲が小走りで公園の奥へ行ってしまう。おいおい、と声をかけたが、真咲は長い脚でどんどん遠くなる。圭介は軽く息を整えると、こちらも小走りであとを追った。

真咲は公園を抜けていく。そのまま横断歩道を渡って道路の向こうに出て、なおも歩いていった。圭介は彼女の揺れる黒髪を追う。

いくつかの角を曲がり、やがてあるマンションの前で真咲は止まった。

どうしたんだよ、と言おうとした圭介が、真咲の横顔を見て言葉をのみ込んだ。

悲しみ、失望、喪失感、郷愁。それらの入り混じった薄い表情を彼女がしていたからだ。

「――ここは三年くらい前に新しくできたマンションだな」

と圭介が教えてやると、ややあって真咲が口角を上げてみせた。

「ここにアパートがあって。そこが昔のあたしの家だったんだ」

「そっか」圭介の予想していた、真咲の言葉だった。「それは結構、悲しいよな」

真咲は小さくうなずくと、乱暴に目元をこすった。

「へへ。遠回りさせちゃってごめん。さあ、卵を買いに行こう」


スーパーから帰ってきた頃には、東の空はだいぶ濃紺色になっていた。

「意外に買っちゃったなぁ」

と圭介は両手の買い物袋をキッチンに置いて、なかのものを整理し始める。

「ごめんねー。たしかに買いすぎだったね」

「まあ、無駄になりそうなものはないから大丈夫だろ」

駅前のスーパーも昔とはずいぶん様変わりしていた。となれば、長身美少女・真咲さんがはしゃぐのは火を見るより明らかで。真咲が買い物カゴに惣菜を入れては圭介が押し戻し、真咲がレトルト食品を取っては圭介が必要性を詰問する、という光景が何度も繰り返されていた。それでも圭介の口頭試問をなんとかくぐり抜け、真咲はお菓子や肉類、刺身などを買わせることに成功し、結果、卵以外にも買い物が膨らんだのだった。

急に真咲が手を伸ばし、圭介の頭をなでた。

「圭介、ありがとー。サイコー☆」

「頭をなでるなっ」なでなでが称賛になるのは真咲に対してだけのはずだ。「それより、先に風呂入っとけよ」

真咲がぴしりと硬直した。

その瞬間、圭介も自らが爆弾を投げつけたことを自覚する。

「ち、ちげーぞ!?　変な意味じゃなくて」

一日中、白熱したゲームをし、外に買い物にも行った。夕飯は刺身を買ったからほとんどやることもない。ごはんと味噌汁を準備すればいいのだから、先に真咲にさっぱりしてもらいたかっただけだ。

普段の日なら問題にならない言葉だ。しかし、いまは「両親がいない」のである。

「わ、わかってる！」と真咲が真っ赤な顔で言い返した。「でも一緒に入っちゃう？」

「変にしなを作るな！」

なぜか真咲が反転攻勢に出た。

「ほらほら。幼なじみ同士、公園から帰ったら一緒にお風呂っていいじゃん」

「おまえなぁ」

ふと家のなかが静かになった。

圭介と真咲は同時に笑い出す。

「「あはははは」」

「じゃ、じゃあ、あたし先にお風呂行ってきちゃうね」

「おう。そうしてくれ」

「覗(のぞ)いちゃダメなんだぞ☆」

「覗かねえ」

「そう言って覗きに来るのが芸人のお約束でしょ？」

「覗きは熱湯風呂じゃねえ。それに俺たちは兄妹だ」

「あはは」と笑いながら出ていこうとした真咲が不意に深刻そうな顔になった。「あたしってそんなに魅力ない？」

圭介は生温かい微笑(ほほえ)みで脱衣所の扉を閉めた。

いつもは親友の気安さが前面に出ているのに、ふとしたときに「ああ、こいつ女だったんだな」と思い出させてくれる。ほんと、やれやれである。

魅力がなかったら、こんなに慌てないっつーの。

真咲は緊張していた。

ふたりっきり。

高校二年生の男女がひとつ屋根の下。

そのうえ、保護者がいない——。

幼なじみのけーちゃんが、少し陰のあるイケメン男子に成長していたのだ。どきどきしないほうがおかしい。「ぜんぜんイケメンじゃない。ただの陰キャだろ」とかいう奴(やつ)がいたらぶっ飛ばす。圭介はイケメン。異論は認めない。

だって……あたしの初恋の人だから。

一緒に砂遊びしながらも、けーちゃんばかり見ていて砂山のトンネルを何度も失敗した。そんなとき、けーちゃんはちょっと悲しげになって、真咲も胸が痛くなったけど、けーちゃんは「いいよ」と笑って許してくれた。

　ずっとその「いいよ」に甘えてきた。引っ越してつらいときも、けーちゃんの笑顔と「いいよ」を思い出してがんばってきた。

　だから――。

　いつもの下着ではなく、先日通販で買った新しい下着を取り出してみる。白と黒。どちらもかわいく、かつセクシーだ。デザイン的にちょっと攻めすぎのきらいもあるが、女には勝負に出なければいけないときがあるはず。生まれて初めてだから何がなんだかわからないけど。でも、胸も身長もある自分の強み、いま使わないでなんとする。

　ランジェリーは白を選んだ。

　真咲だって初めてなのだから、清楚な女の子として愛されたい。黒はまた今度。

　別に今日がその日かどうかわからないけど。でも圭介がその気だったら。

「あたし、汗くさくなかったかな」とTシャツを脱いで、悩む。

　一日中のゲームも楽しかったけど、小さい頃一緒に遊んでいた公園に連れていってくれるなんて。このタイミングで？　とかびっくりしちゃった。きゅんときた。

　そのあと、思わず昔のあたしの家を捜してしまった。見たことのないマンションに変わっていて、ちょっと泣きそうだったけど、圭介の「悲しいよな」の一言で救われた。

　うー。無理。

このまえの爪切りとかマジでヤバかったし。

あたし、ほんとの本気で圭介が好きなんだな……。

バスルームで入念に身体を洗う。湯船につかってゆっくりしたい気持ちもあったけど、このあと圭介が自分が入ったあとのお湯を使うとか想像したら無理だった。

シャワーだけにしよう。その代わりしっかり洗おう。よく、ラノベとかでは「せっけんのいい香りのする女の子」とかあるけど、自分ではぴんと来ないんだよなぁ。

そのとき、脱衣所の向こうで人の気配がした。

「誰？」ってひとりしかいない。

え？　いま来るの？　冗談で言ってたのに、ほんとに一緒に入っちゃうの？

『あー。覗きじゃないから安心しろ。それと俺がいいって言うまで絶対出てくるなよ』

「はあ……？」

しばらくして、『もうすぐ俺はここからどくから、一〇数えてから出てこいよ』と圭介が言い残して気配が消えた。なんだったのだろう。ちょっとほっとしたけど。

例のランジェリーを身につけ、きちんとスキンケアをして脱衣所を出た真咲は、脱衣所のドアを見てぎょっとなった。

「これ、煩悩退散の御札じゃん」

そこには写真屋で撮影した英一郎とゆかりの結婚衣裳の写真のコピーが貼られていた。

苦笑と疲労がこみ上げてくる。ランジェリーを見られる前に負けてしまった感じだ。

両親の写真は御札よろしく、家のあちこちに貼られていた。

ふと思った。

こんなのを貼るってことは、圭介は自分を抑えようとしているってことで、あたしのことをそんなふうに見てくれているのだろうか。

だとしたら――もう少し大胆になってもいいのかもしれない。

第六章・俺が足引っぱって負けたらやだなって思っただけだ

新婚旅行から両親が帰ってきて、今年のゴールデンウィークは終わった。

いったい自分は何をしていたのだろうと圭介はげんなりしている。

家のなかには両親の再婚写真のコピーをべたべたと貼った。「親父たちが見ているぞ」と刺激的に近づいてこようとする真咲を戒めていたのだ。

そうしなければ、モデル級美少女とふたりきりというのは神経をすり減らす。

やはりあの爪切りがまずかったよな……。

圭介のそんな苦労を知ってか知らずか、夕食後にマンガを読んでいると「あたしも」と真咲がやってきては、圭介の肩に寄りかかってマンガを読んでいた。ゲームで真咲が理不尽な負け方をしたら、くすぐり攻撃がやってくる。洗濯は基本別々だが、ときどき真咲の下着が残っていて、声をかけるべきか知らんぷりをするべきか、苦慮した。

「ほら、兄妹だし」とか言いながら、真咲は食事もお茶も可能な限り席をくっつけてくる。

え？　これって俺に気があるの？

そんなふうに陰キャは誤解をしてしまうと気づかないのだろうか。

あえて言おう。陰キャは、ときに信じられないほどチョロいのだ。

真咲は陽キャである。

だから、笑顔とかボディタッチとか、そういうのは軽いノリ。

ところが、陰キャな自分はそんなことに慣れていないから、「これって特別な気持ちがあるから？」みたいな、重大事案として捉えてしまう。

たとえ何があっても、十分の一、いや百分の一くらいの軽さで受け止めなければいけないだろう……。

しかし、そんな気苦労もキャリーバッグを転がしながら両親が帰ってきて、終了したのだ。たぶん。


解放感から圭介はノックをしただけで、真咲の部屋に飛び込んだ。

「まーちゃん。親父たちが帰ってきたぞ」

「うわあああ！」真咲が大声をあげる。ノートパソコンで何かしていたようだ。「勝手に入ってきたらびっくりするじゃん」

「ノックだけで返事する前に部屋に入ってくるのは、おまえのほうだろ。それより、親父たち帰ってきたぞ」

「わかった！　わかったからちょっと出てって」

めちゃくちゃ慌てて真咲が画面を隠している。

「うん？　なにそんなに焦ってんだよ」

「あ、焦ってないしっ」

「何を検索してたんだ？　『連れ子』『義理の兄と妹』『結婚』……どぶはぁっ」

　真咲の長い脚が天をつくように蹴り上げられ、圭介は真咲の足によるアッパーカットを食らった。

「乙女の秘密を覗くな！」と真咲が叫び、そっぽを向いて小声でつけ加える。「シャワーを覗く度胸はなかったくせに」

「いってぇ。なに小声でぶつぶつ言ってんだよ」

　なんでもないよ、ごめんごめん、と真咲が圭介の頭を撫でて、両親を迎えに出ていった。ノートパソコンの画面はもう閉じられている。

　両親がヨーロッパを回ってきたというのも、その日から数日、夕食後のお茶うけに見たことのないお菓子が並ぶから「海外旅行に行ったのだな」と思うくらい。やっとのことで静かな毎日が帰ってきたのだった。

　ただ――相変わらず、リビングでの真咲の席の距離が近い。兄妹だからね。百分の一に受け止めておかなければ。

もうすぐ中間テストもあるし、家で勉強だけしていればいい日々が戻ってきた、と圭介は思ったのだが、甘かった。

女子バスケ部エースの玲那が黒板の前に立ち、クラスに呼びかけた。

「というわけで、今年の体育祭ももうすぐ。みんな、勝つぞぉーっ」

おーっ、という声がする。

「もう体育祭かぁ」と圭介が無機質につぶやくと、真咲がそれをばっちり聞いていた。

「燃えるよね、体育祭。まえの学校だと秋だったから新鮮」

「秋に行事が集中しすぎないように、それと春先にクラスの結束を高めるためだとさ」

クラスの結束なんて外部がどうこう言って高まるとは思えない。仲のいい連中はもっと仲良くなり、そうでない連中はそれなりに。なんとなく距離感を取って月日が流れていくものではないか。

一年から三年まで五クラスずつあるので、それぞれのクラスで縦割りにし、赤・青・白・黄・緑の五つの団で得点を競い合うのが体育祭のシステムだった。

真咲は目をきらきらさせている。

「マジヤバいよね。圭介はどれに出るの？」

プライベートで幼なじみな距離のときには「けーちゃん」。外で義理の兄妹のときには「圭介」。真咲は比較的きちんと使い分けていた。

その真咲は、転校してきた頃と服装がやや変わっていた。

初めて圭介の家に来たときのようにネクタイは緩められてシャツのボタンはいくつか外れ、首回りから鎖骨周りまでがすっきり見えていた。スカートも実は少し短くなっているのを知っている。

けれども、それらが気にならないほど――いつ真咲が制服の着くずしを始めたのかまったく気づかれないほど――自然にそのスタイルに移行していたことのほうが、圭介には驚きだった。完全にクラスに馴染(なじ)んでいる。

陽キャとしてのびのびしながらも、茶道部では折目正しくしているらしい。一度、隣のクラスの茶道部の花岡楓子(はなおかふうこ)がこちらのクラスに来たときにそう聞いた。楓子は、「間違いなく茶道部ですね」という雰囲気の、決して体育会系ではない女子生徒。その彼女が「真咲ちゃんのおかげで部活がもっと楽しくなりそうです」と（圭介の仏頂(ぶっちょうづら)面におののきながら）答えてくれたのだ。ただし、部活にあまり顔を出さないので、その点はご家族からもご指導くださいとのこと。

ちなみに、圭介がいまの真咲と同じように本格的な制服の着崩しをしたら、「霧島(きりしま)、マジでグレた？」「ますます近寄りがたい空気なんだけど」と即行でひそひそされるだろう。

これがコミュ力というものなのか……。

そんなことを考えているあいだに、博紀(ひろき)が代わりに答えた。

「圭介は俺たちと一緒に騎馬戦」

「マジ!? 圭介、すごい男らしいじゃん」

「……騎馬戦は男子全員参加だから」と圭介。

しかし、真咲は尊敬のまなざしで圭介を見ている。

「それと一〇〇メートル徒競走と応援団な」と博紀がぺらぺらとしゃべった。

「応援団!?」真咲がすっとんきょうな声を出した。「何それ。超かっこ良っ」

ほとんど絶賛に近い真咲の言動に、周囲の生徒が白い目でこっちを見ているのがつらい。

「運動が苦手だから応援団を選んだんだよ」

「玲那」と真咲が前に立っている玲那を呼んだ。ずいぶん親しくなったものだ。「あたしって何出るんだっけ?」

「真咲ちゃんはねー……一〇〇と棒取りと借り物競走」

圭介に真咲が笑いかける。「応援よろ」

「あ、うん」

「っしゃー。絶対勝つぞぉー」

真咲が拳で天をついた。

「愛の力だねえ」と博紀が小声でつぶやき、頬杖をついている。

「そ、そんなんじゃないよ? 転校してきてみんなの役に立ちたいだけだし」

「いや、兄妹『愛』ってつもりで言ったんだけど」

「んなっ……!?」真咲が頬を引きつらせた。

「何を騒いでるんだ？」と圭介。

「いいや。何も」と博紀が答える。「博紀、ちゃんと話を聞け」と玲那が怒っていた。

　周りの元気さがイヤなわけでは決してないのだが、圭介にはやはりどうもついていけない。邪魔になるんじゃないかという気持ちのほうが先に立ち、結果、無関心のような顔になる。蛇足だがそんな顔になった圭介は、無愛想、仏頂面、半ギレなどと言われがちな表情に見えるらしい。別にどうでもいいのだが。

　転校当初の言葉どおり、学校で真咲は一日に数回くらい圭介に声をかけてくる。お弁当一緒に食べよ。圭介もトランプしようよ。そんなかんたんな声かけだが、やっぱりなんだか雰囲気を壊してしまうのではないかと気になってしまう。

　それでも、教室から出ていかないで自分の机で弁当を食べるのが日課になるくらいには、圭介も変わった。

　真咲が玲那たちとわちゃわちゃしながら弁当を食べるのをちら見するのも、悪くないものだなと思うようになったのだ。

　体育祭に向けて博紀と玲那が言い合っている。ふたりのやりとりを聞きながら、今年の体育祭も暑いのかな、と圭介はすでに疲れていた。

体育祭に向けて、それぞれが自主練に精を出している。

応援団といっても学ランで大声を上げるタイプの応援ではない。踊って声援を送る応援だ。体育祭当日は午後イチの種目として一年から三年までのクラスごとの応援団が応援合戦をする。配点が高いこともあって、どの団も力を入れて音楽を選び、振り付けを考えていた。もっとも圭介は人数合わせで巻き込まれたようなところもあって、おまけのようなつもりだったったが。

圭介たち三組は黄団――よって応援団は黄色のTシャツを着ている。

当日はオリジナルデザインの黄色のTシャツを一年から三年までの三組全員が身につける予定だ。

応援団の練習をそれなりに地味にそつなくこなしていると、同じ応援団の玲那が「ヤバ。真咲ちゃんマジきれい」と向こうを見ながら声を弾ませた。

ジャージ姿の真咲が軽く走り込んでいる。長い黒髪は後ろでポニーテールになっていた。

ジャージ姿できれいとは。玲那はかなり真咲が気に入っているのだな。

「あー。真咲ちゃん、かっこいいー」

と向こうで歓声を上げているのは両おさげにメガネの楓子だ。あちらも体育祭の練習をしている。真咲が手を振って答えると、隣の女子と「きゃー」と騒いでいる。

「真咲ちゃん、かわいいね」

「読モだもんね」

と楓子たちがはしゃいでいる。圭介が真咲の様子を聞いたときの、怯えたような表情とは別人ではないか……。

真咲は背が高くてスタイルも抜群で美人で明るくて、ときどき抜けているけど、勉強もがんばっている。同性から人気が出てもおかしくない。玲那が真咲と仲良くしてくれれば、真咲のクラスでの安泰は約束されたようなものだと思っていたが、順調にそのルートを選択しているようだ。少なくとも、陽キャグループに自ら進んでは入れない圭介から見て、そう思う。

真咲が応援団の練習に気づいたようだ。手を振っている。玲那が手を振り返すと、真咲が笑顔になる。

けれども、真咲の手振りはまだ終わらない。

ひょっとして、俺か？

いやいや。それは思い上がりだろう。学校での真咲は「美少女転校生」という強力な属性を持っている。はっきり言って人気者で、友達がたくさんできた。彼女が手を振るべき相手はたくさんいるだろう。

そのあいだも、真咲が手を振っている。

とうとう同じクラスの応援団メンバー全員が手を振った。うぇーい、とか言いながら。

真咲以外の走っていたクラスメイトも手を振っている。

みんながやっているから、圭介も手をあげて、振った。中途半端な高さだったが。

真咲の鼻がやや膨らんだように思う。

お？　何かが満たされた？

そのあとの走り込み、真咲は練習だというのに無双していた。

誰も彼女に追いつけない。

かわいく勇ましく、長い手脚と大きな胸が躍動し、風となって駆け抜けていた。

「すげぇ……」と博紀が呆然としている。

ゴールした真咲が初夏の陽射しにさわやかな笑みを見せた。

その笑顔に、圭介は少し迷ったが、玲那——応援の振りつけを考えた——に声をかけた。

「木下」声がかすれた。

「なに？」と玲那が若干恐れおののいている。また表情が危険だったのだろう。声も小さく、低かったはずだ。

咳払いして続ける。

「……応援の振りつけで、わかんないところがあるんだけど、お、教えてくれないか」

一瞬、引いたような表情になった玲那だったが、笑顔になった。

「いいよ。どこ？」

「二曲目の側転のところなんだけど」

圭介がやってみて、それを玲那がアドバイスし、補助をされながらやり直す。何度かそれを繰り返した。「うん。大丈夫だと思うよ」と玲那がお墨付きをくれる。

「ありがとう」と小さく頭を下げて元の場所に戻ろうとすると、玲那が呼び止めた。

「圭介がこんなふうにやる気になるの、ちょっと驚いたけど、いいじゃん。それってやっぱり真咲ちゃんががんばってるから？　幼なじみパワー？」

「あれだけ走れる奴がいるのに、俺が足引っぱって負けたらやだなって思っただけだ」

「ふーん」

玲那はそれで終わったが、博紀は圭介を逃がしてくれなかった。がっしりといつものように首に腕を回すと、「おし。じゃあ次は俺が騎馬戦の特訓をつけてやるから」と暑苦しくも言ってきた。

「騎馬戦に特訓とかってあるのかよ。それに俺は馬の後ろ足だし」

「作戦だけじゃなくて、馬の足腰の強さは勝敗に関わってくるからな」

「運動は苦手なんだって」

「わかってるさ。だからこその特訓だろ?」

なるほど。できる奴には特訓はいらない。できないからこそ特訓して底上げがいる。道理だった。

それからもうひとつ。

今日の走りのすごさから、真咲は男女混合リレーの選手に抜擢(ばってき)された。


よく動けばお腹(なか)がすく。これは道理である。

ゆえに霧島家の夕食は、体育祭の練習が本格化するにつれて量が増えていき、とうとう大漁に沸く漁港のように賑(にぎ)わっていた。

なお、作っているのは圭介とゆかりがメイン。真咲はお手伝い段階だが様になってきていて、ゆかりが遅いときには圭介とふたりで夕食を支度する。

今日は珍しく四人が食卓にそろった。

「でさー、玲那(れな)って子がおもしろいの」

とごはんを頬ばって真咲が話す。人数が多いほうが楽しい。

英一郎(えいいちろう)とゆかりが、「へえ」とか「ふーん」とか感心しながら聞いている。

圭介は、ときどき真咲に話を振られて「ああ」とか「うん」とか「違うだろ」と答えるくらいだった。真咲の座る位置は例によって例の如く圭介に近かったが、もうなし崩し的に既成事実化している。ほとんどふたりで肩をつけてごはんを食べてる感じだった。真咲によれば兄妹はそんなものらしい。

真咲がおかわりに立ったとき、英一郎が苦笑した。

「圭介が高校に入ってから、どんな学校なのか、どんな行事をやっているのかさっぱりわからなかったけど、真咲ちゃんのおかげでおまえの高校生活が初めてわかったよ」

「俺、そんなに話してなかった？」

「ああ」と英一郎がうなずく。戻ってきた真咲に、「それから学校で、この圭介は何をしているんだい？」

「圭介は応援団やってるんだけど、もう最強。神」

「最強で神……」英一郎の理解が追いついていないようだ。

「言い過ぎじゃね？」と圭介が言うと、ホイコーローを口に入れた真咲が反論する。

「そんなことないっ。マジでヤバいもん。けーちゃんの応援、ガチですごいんだから。なんかこう、ぶわーっとなってパワーががーんってくるんだから」

「うん。ぜんぜんわからん」

圭介は卵かけごはんにホイコーローをのせて食べている。これこそが最強だと思う。

「嘘でしょ。こんなにわかりやすく説明しているのに」

成績がいいはずなのに、なぜこの語彙力なのだろうか。

言わんとすることは、わかるけれども。

恥ずかしいから意味を確認はしないけれども。

食後、ソファで圭介がお茶を飲みながらスマホをいじっていると、隣に真咲がやってきた。ちょうど垂直になるような格好で、早い話が圭介を背もたれにスマホをいじっている。

この姿勢はゴールデンウィークのあいだに定位置になっていた。

「真咲。圭介くんが重いでしょ」

「ママひどい。重くなんかないし。でしょ？　圭介」

「うん」

圭介より背が高い真咲だけど、重くはない。ただ温かい。女子の身体は不思議だと思う。

この軽い身体であれだけ走り回る真咲。

せめて、当日は一生懸命応援しよう――。

第七章・けーちゃんの応援があれば、あたしは最強

天気、快晴。

体育祭が始まる。

開会式が終わり、団の席に戻ると気合の声をあげた。

「黄だーん」

「「ファイトぉ！」」

応援団を中心に、みんなで拳を突き上げる。

そろいのオリジナル黄色Tシャツ。頭には黄色のはちまき。「ザ・体育祭」の出で立ちだった。

「圭介」と玲那が呼んだ。「応援団のフェイスペイント入れるから来て」

「あ、うん」

玲那が筆を持っている。

「この玲那さまが直々にペイントしてやるんだから、感謝しろよ〜」

「うい」

「前髪持ち上げて」

「こう？」

「オーケー。へー。圭介の顔って初めて見たかも。髪あげなよ。そのほうがイケメンだって」

「さよか」早くすませてほしい。

先日から何度か、玲那には応援の振りつけを教えてもらっていた。そのせいか、玲那のほうが圭介に親しげに話しかけるようになってきた気がする。

玲那が筆をつけようとすると、真咲が湧いて出た。

「でしょぉ？　髪あげた圭介って鬼ヤバだよね。めっちゃイケメン」

とハイタッチを連発してくる。

その真咲の姿――。

長い黒髪をポニーテールにして黄色いはちまきをしているだけでも絵になるのに、体育祭への期待と興奮から頰はいつもより桃色に輝いている。瞳がきらきらして、全身からやる気と元気がみなぎっていた。文字どおり無敵な感じ。ひさびさに彼女がモデル級美少女だと思い知らされた。

こんな美少女に応援されたら、ほとんどの男子は実力の五割増しの力を出すだろう。

あとがつかえてるぞー、という博紀（ひろき）の声で、玲那が筆をつける。感じたことのない感触が頰骨のあたりを這（は）う。

「はい。できた」と玲那が手鏡を見せてくれる。「目尻に星マーク」

「サンキュ」

玲那は他のメンバーのところへ行ってしまった。

「圭介(けいすけ)……」と残った真咲がずいっと寄ってきた。

「こういうの、似合わないよな……」

ポニーテールが激しく左右に揺れた。

「ぜんぜんっ。最の高。目尻の星マーク、切れ長の目を引き立てて、イケメンすぎ。持ち上げた前髪が、いま自然な感じにわかれてて、マジ神。胸が苦しい」

と真咲が自分の胸を強く押さえている。

「どうして!?」と圭介の声が裏返る。

「大丈夫。心配しないで。致命傷なだけ」

「ダメじゃん」

「義理の兄がイケメンすぎる件について……」

一応、義兄妹の認識は薄皮一枚残っているらしい……。

「おまえら相変わらず仲いいのな。兄妹とは思えねぇ」とペイントの終わった博紀が冷やかすと、真咲が真っ赤な顔のまま反論する。

「このくらい兄妹ならありでしょ」

「うちの妹はすげえ俺に冷たいけど」

「それは博紀くんが嫌われてるだけ」

数個先の女子の棒取りの招集アナウンスが流れた。

「真咲ちゃん、がんばって！」

と小柄な玲那が真咲の腕を抱きかかえるようにする。

「うん。行ってくる」と真咲がジャージの上を脱ぎ、玲那が受け取った。

Tシャツ、半ズボンジャージになった真咲と目が合う。

その瞬間の真咲の目は、昔の〝まーちゃん〟の目だった。

まーちゃんが競技に出ようとしている――。

「がんばって」

気づいたときにはそう言っていた。少し小さい声だったけど。

その声に、真咲はびっくりした顔を見せたが、すぐににっかりと笑った。

「けーちゃんの応援があれば、あたしは最強」

ほどなくして、その言葉が真実だったことが実証される。

　棒取りは、敵味方の中央にある長い棒を取り合う競技だ。普通の棒なら一対一で取り合えるくらいの長さだが、中には竹でできたもっと長い棒がある。数人同士で綱引きの要領で引っ張り合う棒だ。どちらも自分たちの陣地まで引っぱっていくことで得点になる。

普通の棒をすばやく取りまくるか、長い棒をひたすら狙うか。

微妙な駆け引きがむずかしい競技である。

本来なら――。

「よーい、スタート」のピストルとともに、真咲が飛び出した。

相手クラスが棒に取りつくまえに、真咲は手近な長い棒をひとりで摑んでいた。

相手が数人で長い棒に挑もうとしたときには、その棒は真咲によって黄団自陣手前まですでに運ばれている。他のクラスメイトが協力する隙すらない。

「次ッ」

長い棒を自陣に引っ張り込んだ真咲が、校庭を蹴った。

すでに普通の棒はだいたいそれぞれの陣地に運ばれようとしている。

真咲はそれらを無視して、また近くの長い棒を目指した。

相手クラスが五人、味方は二人で引き合っているが、当然のように引きずられ、相手陣地に向かっている長い棒だ。

真咲は人数差など眼中にないように長い棒を摑むと、問答無用で自陣へ引っぱり始めた。

最初は形勢は変わらなかったが、相手陣地の手前で長い棒が減速した。

「この棒、もらうんだからッ」

五対三のまま長い棒の動きが止まり、それどころかむしろずるずると自陣へ向けて動き出した。

すごい。圭介は素直に驚いた。そして、叫んでいた。

「まーちゃん、負けるなぁッ」

応援席から真咲までは遠い。だが声が聞こえたのか、真咲がもう一段、ギアをあげた。

途端に長い棒が動き始めた。自陣に向けて、である。

棒の移動速度がどんどん上昇する。五対三どころか、ほとんど五対一。中央から自陣よりに入るにつれて、相手チームの五人がぼろぼろ脱落して——ついでに味方のふたりも転倒して脱落して——いった。

圭介の隣で観戦していた博紀が笑い出した。

「ははは。真咲ちゃん、二本目の長い棒をひとりで押し込んだよ。おい、圭介」

「うん？」

「おまえの応援でバーサーカーになったみたいだな。——痛っ」

博紀の太ももに玲那が蹴りを入れていた。

「バーサーカーとか言うな。バーバリアン」

「ひでっ。それにももの蹴り、痛えよ」

「真咲ちゃんは美人で運動神経抜群で、マジ神なんだから」

そうだそうだ、となぜか隣の団の楓子たちからもブーイングが飛んでいる。

さらに真咲は余っていた普通の棒を二本さらっていた。

当然、圭介のいる黄団が圧勝である。


黄団の応援席に戻ってきた参加選手たちは、大歓声で出迎えられた。

なかでも真咲は女子にもみくちゃにされている。

「すごいすごい」

「マジヤバかった」

「最強じゃん」

クラスの賑やかな連中を中心にほぼ全員が構えれば、真咲はひとりひとりに「うぇーい」とハイタッチをしていた。

他の団の楓子たちも、真咲とハイタッチしている。

すごいな、と思う。

汗をかいて上気した笑顔がまぶしい。

その真咲が、最後に圭介のところに来た。両手を前に構えている。

「圭介。ハイタッチ」

「え？」

「圭介の応援で勝てた。ほら早く。——うぇーい」

恐る恐るという感じで圭介は両手を前に出した。「う、うえーい」

真咲（まさき）の手が圭介の手に触れ、乾いた音がした。

ほっそり指が長く、それでいて柔らかく、温かかった。

昼食のときに、応援席に英一郎（えいいちろう）とゆかりがやってきた。

「パパ、ママ」と真咲がうれしそうに立ち上がる。

「すごかったな」と英一郎。

「かっこよかったよー」とゆかりが真咲の頭をなでている。

来てたのか、と圭介は驚いた。中学生になってからはずっと、体育祭などの学校行事は来なくていいと言い続けていたのだ。仕事で休日出勤になることもあったし、疲れてもいるだろうと思っていたからだった。

しかも高校生になっているのだから、いまさら体育祭を見学して写真や動画を撮ることもあるまいと思っていたのだ。

真咲とゆかりが手を取り合って喜んでいるのを見ると、ふたりのあいだで体育祭への見学の話が出ていたような気がしてきた。

「あれ、真咲ちゃんの両親？」

と昼食のお弁当を取りに教室にあがろうとした博紀が尋ねた。

「そう」

真咲の友達の女子たち——玲那たちクラスメイトはもちろん、楓子などの茶道部がらみ、まったくどういうつながりかわからない他のクラスの女子まで——が、両親に挨拶している。英一郎が遠目にも怯んでいた。

「ということは、圭介のお父さんと義理のお義母さんでもあるわけか」

「まあ、そうなるな」

「じゃあ、飯は親子水入らずで食べるんだな？　俺のところは親が来てないから、教室で普通に食うけど」

どうしようかな、と迷っていると、真咲が「早くお弁当を取ってきて、ママたちと食べようよ」と声をかけてきた。

博紀と一緒にお弁当を食べたい気持ちはあるが、親が来たなら一緒にごはんを食べたほうがいいように思う。博紀のほうは自分と違って他の連中と仲良く飯を食えるだろうし。だがそれを言ったら、両親に真咲と楽しく——真咲の大活躍を話しながら——ごはんを食べる時間をあげたほうがいいような気もするし……。

「けいすけー」と真咲が呼んでいる。

「ほら、真咲ちゃんが呼んでるぞ」と博紀が背中を押してくれた。

「ああ。うん……」

とりあえずお弁当のある教室に行かなければと思っていたら、並んで歩き出した博紀がこんなことを言った。

「おまえはさ、自分を低く見すぎなんじゃないか」

「え?」

「あるいは、あっちこっちに気を使いすぎなんだよ」

「………」

すると博紀が声を落とした。

「――まだ中学の頃のことがおまえを苦しめてるのか」

圭介が鼻で笑う。「中学のこと? 別に関係ないよ」

博紀が複雑な表情を浮かべた。

「まあ、おまえがそう言うならそうなんだろうけど。ほんとはおまえ、もっと明るかったっつーか、元気だったたっつーか」

「俺は昔からこのままだよ」

五色のTシャツの行き交う廊下で、これ以上この話をしたくはない。

博紀もその気持ちがわかったようで、話を元に戻してくれた。

「ま、体育祭の弁当なんて年に一回なんだから、親がいるならそっちで食えばいい。ましてやかわいい義理の妹がいるんだから、そっちで食えばいいじゃんか」

「……そうだな」

やはり博紀は立派な男だと思いながら、教室に向けて急ぎ足になった。


真咲とふたりでお弁当を持って校庭に戻る。保護者たちとごはんを食べている生徒たちは結構いた。玲那も両親と一緒にごはんを食べている。

「こっちこっち」と英一郎が手を振った。

レジャーシートの上に、お重が広げられている。家で作ったお弁当と重複する献立もあったけど——唐揚げとか玉子焼きとか——それ以外のものもあった。何種類かのサンドイッチ。こちらも何種類かのおにぎり。たこさんウインナーにミニトマト。オレンジやバナナなどのカットフルーツが用意されていた。

真咲の顔が輝いた。

「すごーい。ママこれどうしたの?」

「ふたりが登校してから一生懸命作ったんだから」

「おいしそう。あたし、もうお腹ぺこぺこ」

と言った途端に「ぐう～～～」という音がした。真咲が真っ赤になっている。聞こえなかった振りをしようかと圭介が考えていたら、真咲と目が合ってしまった。気まずい。

「真咲ちゃん、いっぱいがんばったもんな」と英一郎が軽くまとめる。

「おつかれさま。さ、お弁当だけで足りないぶんはじゃんじゃん食べて」

いただきます、と四人で手を合わせて、お弁当を食べ始めた。

「ふふ」と真咲が笑う。

「どうした？」と尋ねると、「昔、おままごとしてたときを思い出しちゃって」

『おままごとしよう』と言い出すのは、いまにして思えば必ず真咲だった。

『いいよ』

場所は砂場。他によさげなところがないからだった。

砂や葉っぱをごはんに見立てたり、『いってらっしゃい』『おかえりなさい』と通勤を再現したり。ごはんは基本『あーん』と真咲が食べさせていたっけ。どんだけいちゃラブな設定だったのだろう。

そういえば真咲がお母さん役をしたがるのを、別になんとも思っていなかったな。

いま高校生になってこんなふうにレジャーシートに一緒に座っていると、真咲の言うとおり、どこかおままごとのにおいがした。

「あ。カツサンド。さすがママ」

「ベタでも『勝つサンド』は必須でしょ」

「いただきまーす」と真咲がおいしそうにひとくち食べて、「おいしい！」

するど真咲はなぜか食べかけのカツサンドを圭介に差し出した。

「うん？」

「はい。あーん」

「な、なんでだよ」

「だって、おままごとでいつもやってたでしょ」

「もう高校生だ」

しかも親のまえである。

「あーん」と近づいてくる真咲。

「聞けよっ。義妹（いもうと）っ」と後ろ手をついて逃げようとしたところで、真咲が食べかけのカツサンドを自分の口に入れた。

「冗談だよ～。本気にした？」

「おまえなあ……」

ゆかりがくすくす笑っている。

「何を笑ってるんだ？」と英一郎が聞くと、ゆかりが答えた。

「だって、真咲ったらすっごくはしゃいでるんだもの。よっぽど圭――」

突如、真咲が真っ赤になって大声で遮った。

「はい。ママそこまでー。あーこのツナサンドもおいしいなあー」

真咲がカツサンドの直後にツナサンドを頬ばる。すごいな。まあ、あれだけ大暴れしたらお腹もすくだろうし、まだまだテンションが高いのもうなずける。

「食い過ぎて動けなくならないでくれよ」

「大丈夫だよ」

「なんせ、おまえはうちの団の最強のワイルドカードなんだからな」

真咲がツナサンドの残りを口に放り込んで、「がんばる!」と宣言した。


お弁当になかったフルーツをたっぷり食べられたのはうれしかった。天気はずっと晴天。ゆかりが日焼け止めを真咲に貸していた。食事が終わったらもう時間がない。「ママ、サンキュ」と言って真咲が応援席に戻る。圭介も続いた。

もうすぐ午後の部だというのに、まだぱらぱらとしか生徒たちは戻ってきていない。

真咲は席に座って日焼け止めを自分の腕と脚に塗った。

「圭介。腕出して。塗ってあげるから」

「いいよ。日焼け止めってぬるぬるして好きじゃないから」

「日焼けはなめたらマジヤバいんだって」

「じゃあ自分でやる」

「ダメ。ちゃーんと塗らないとあとで痛いんだから」

「やーめーろー」

五センチ背が高いと力も強いのか、圭介はかんたんに押さえられて白い日焼け止めをこってりと塗りつけられた。腕に終わらず、半ズボンジャージから出ている脚までである。

「ふふ。いい感じに塗りまくってやったぜ」

「うう。気持ち悪い」べたべたの感触にうんざりしている圭介に、日焼け止めが手渡される。「あ?」

真咲は背中を向けると首を垂れ、はちまきを取って長い髪を前に回した。

すらりとしたうなじの白さがまぶしかった。

「首の後ろ、日焼け止め、塗って」

「……!?」

俺が真咲のうなじに触るの!?

「早く早く」

せかされてどうにかなるものではない。

「あーうー」

「早くシて」

これは人助けだ。日焼けに悩む幼なじみを助ける行為であって、やましい気持ちはない。

圭介は自分にそう言い聞かせて、日焼け止めを自分の指先に出して、真咲のうなじに軽く触れ、伸ばした。

「これでいいか」

「もう少し広めに」

圭介は動揺した。それではTシャツの中に手を入れることになる。よくないと思う。

「それは……」

「紫外線って結構シャツの中まで来るからさ。お願い」

「…………」

これは人助けなのだ。

圭介はシャツの数センチなかまで指を伸ばして、日焼け止めを塗った。

どっと汗が出る。先ほど塗ってもらった日焼け止めがぜんぶ流れ落ちたのではないか。

これで終わった……と思ったら、真咲がこちらを向いて顔をそらせて、目を閉じた。

「顔。日焼け止め、塗って」

「……!?」

真咲の顔に触る……いいのか。

「たっぷり塗ってね」

白くなめらかな肌。頬は豊かな血流が透けて桃色になっている。

「俺が、触っていいの」

「けーちゃんだからいいの」

「…………」

読モのバイトもあるだろうから、顔が焼けちゃうのはまずいのだろうけど――っ。

「早く。みんなが来るまえに。その白いぬるぬる、顔にぬって」

「おまえ、わざと言ってるだろ!?」

真咲の顔をまじまじと見るなんて、先日の爪切り事件を思い出してしまうではないか。

あんな顔をここで晒させるわけにはいかない。

そうでなくても、クラスメイトが帰ってきたら見せられない光景だ。

圭介は舌打ちをして日焼け止めを手に出すと、指で真咲のきれいな顔の何カ所かにおくようにする。

ひやりとぬめる液体を取った指先が、真咲の火照った頬に触れた。

「あっ」と真咲が小さな声をあげた。

あの事件の再来を予感して、圭介の心が乱れた。

液体が真咲の両頬、額、鼻の頭を白くする。

日焼け止めの話である。
けれども、これで終わったら真咲の顔がまだらに日焼けしてしまう。
「顔中に広げるぞ」
「うん」
真咲の顔全体に白い液体を広げ、塗り込んでいく。
真咲の頬、こんなに柔らかかったのか。
塗り込まれるたびに、真咲が「う」とか「あ」とかもらしている。
くれぐれも言っておくが、日焼け止めを塗っているだけである。
真咲の唇がかすかに開いている。
桃の花弁のような色の、やわらかそうな唇。
まるでキスを待つ顔みたいにも見えるよな……って、何を考えているんだ。
このまえ、互いの顔が近づいていった瞬間を思い出してしまった。
あのとき、宅配便が来ていなかったら、どうなっていただろう……。
圭介は頭を激しく横に振った。
学校の、それも体育祭の真っ最中に何を考えているんだ、俺は。
なんとか日焼け止めを塗り終わった頃には、すっかり圭介は疲れてしまった。
「これで、もう、いいよな？」

だが、これで終わりではなかった。

ぬるぬるの白い液体をたっぷり手に取った真咲が圭介に近づいてきた。

「今度はけーちゃんの番」

「いや、俺、顔は自分でやるから……」

「あたしので顔中ぬるぬるにしてあげるから」

真咲の目つきがヤバい。どこかとろけている。

「ひっ!?」

まさか顔に白い日焼け止めを塗られて変な想像をたくましくしてしまったのではないか。

真咲が小さく舌を出して唇を湿らせた。

「今度はひとつも痛くなかったから」

「待て待て待て」

「ふふ。けーちゃんマジかわいい。早くしないとみんな来ちゃうから」

真咲がじりじりと寄ってくる。

「やーめーろー」

日焼け止めを無事塗り終わり、午後の部が始まった。

第八章・優勝したら、俺がおいしいものを作ってやる

午後イチの応援合戦は、ほぼほぼ満足のいく形で終わった。

圭介なりに一生懸命がんばった、つもりだ。

真咲はもちろん、玲那や博紀にも「よかったよ」と言ってもらえたし。

そのせいで圭介らしくもなく、浮かれてしまったのかもしれない。

応援合戦の少しあとの騎馬戦で転倒し、頭を打ってしまったのだった。

地面に落下するとき、変に時間がゆっくり感じるのって本当なんだな……。

念のため、ということで圭介は博紀に連れられて保健室へ顔を出すことになった。

「どう？　気持ち悪かったり、くらくらしたりは？」

保健室の女性養護教諭が問診する。

「特に」

騎馬戦で団が勝って気持ちが高揚していたから、なおさらどこも悪く感じられない。

けれども、そのあとの競技で負けて、総合点の順位では二位か三位だった。

保健の先生がデスクに向き直る。

「少し横になって様子を見ましょ。おでこは少し怪我してるんだし。問題ないようなら閉

会式には出ていいから」

おでこの右の生え際の辺りに絆創膏を貼られた。少し血が出ていたらしい。

博紀が、「ちょっと待っててくれな」と圭介に言って、校庭に飛び出していった。外の歓声が聞こえる。

圭介はベッドに横になってみたが、なんだか落ち着かない。

そのときだ。

「失礼しまーす」と玲那の声がした。

見れば校庭から玲那が、自分より背の高い女子を引っぱってやってきた。その女子を見て驚いた。ぐったりしている真咲だったからだ。

「真咲!?　どうしたの？」

圭介は大きな声になった。

「どうもこうも――」と玲那が説明しようとしたときである。

「けーちゃーん!!」と真咲が泣き出した。

「ど、どうした!?」

ぼろぼろに泣きまくっているモデル級美少女さまが圭介のベッドへ走り寄ってきた。

「死んじゃやだよぅ、けーちゃーん!!」

「死んでないって」

真咲がわんわん泣いている。外なのに「けーちゃん」呼びになっているし。

　玲那はため息をついた。

「あんたが騎馬戦で落ちて保健室行ってから、ぽろぽろ泣き始めてさ。このあと一〇〇メートルとリレーなんだけど、このままじゃ使いものにならないレベル」

「マジか」

「マジよ。見りゃわかるでしょ。いま結構ヤバいから、真咲ちゃんが勝ってくれないと負けちゃうかも」

　真咲はやや泣きやんだものの、おろおろしている。

「ああ。騎馬戦なんて出さなければよかった？」

　ほとんどお母さんになりかかっていた。

　圭介も、よそ行きから幼なじみなモードに切り替える。

「まーちゃん、まーちゃん」

「あい？」

　涙顔の真咲が振り返る。

　これはクラスのためでもあるのだと自分に言い聞かせ、圭介は「あのな」と真咲の頭に手をのせた。

「うん？」

「俺は大丈夫。額に絆創膏があるだけだから」

「ほんと？」

「優勝したら、俺がおいしいものを作ってやる。だからがんばって。――まーちゃんは最強なんだ」

言葉の途中から真咲の表情がみるみる変化していった。

泣き顔から笑顔へ。

微笑（ほほえ）みから勝利の笑みへ。

「うん。あたし、行ってくる」と立ち上がった真咲が、言い直す。「勝ってくる」

圭介もベッドから出た。

保健の先生は、「若いっていいわねえ」と手を振っている。

「騎馬戦、崩れてごめん」

応援席に戻ると、圭介が謝る。「出てきて大丈夫か」と博紀だけでなく何人かが心配してくれた。ちょっと意外だった。

大丈夫も何も。

真咲の大勝負が待っているのだ。寝ているなんて無理。

そのうえ、その大勝負の行方が自分の応援にかかっているのなら。

運動が苦手な自分でもやれることがあるのだから、思い切りやろう。

圭介は大きく息を吸い込んで、叫んだ。

「真咲(まさき)ぃ、負けるなぁ!!」

グラウンドに立つ真咲が、こちらを見てにっこり笑ったように思う。

一〇〇メートルも男女混合リレーも、真咲はぶっちぎりで無双した。


真咲の無双が、黄団の全員に火をつけた。

最後まで点数差は微妙だったが、圭介たち黄団が優勝したのである。

「優勝は——黄団!!」

団の生徒全員が歓喜の声を上げた。

「やったぁーっ」と真咲が圭介に抱きつく。「勝った勝った!! 超うれしいっ」

いつもの圭介なら「そうだな」とか「抱きつくな」とか、低い声で言って終わりにするところだった。けれども、今日は違った。

「ああ……やったな」

感極まった声を聞いた真咲が、圭介を覗(のぞ)き込む。

「圭介、泣いてる?」

「うっせ。見るなよ」

と圭介が目を乱暴にこする。なぜ今日に限ってこんなことになったのだろう。

閉会式が終わって団で集まった。解団式をするのだが、圭介は例によって例の如く、いちばん後ろの隅のほうにいるべくゆっくり歩いていた。

そこへ、真咲が目尻に涙をためてそばに寄ってくる。

「圭介。あたし、超カンドーした」

「転校して最初の体育祭だったし、めっちゃ活躍してたもんな」

「そうでなくって」

「え？」

真咲の涙腺が決壊した。

「けーちゃんと一緒の体育祭だったからだよぉっ」

混じりっけのない真咲の涙が、圭介の胸を打った。


そうだった。

俺はほんとうは真咲と――まーちゃんと、ずっと一緒だと思ってたんだ。

幼稚園も小学校も中学校も。

ずっと一緒に行事にも出ると思ってたんだ。

それがぜんぜん一緒でなくて。

俺は――さみしかったんだ。

だから、聞いた。

「まーちゃん、さみしかった？」

「さみしかったよっ」真咲が泣きじゃくりながら気持ちを吐き出す。「けーちゃんと一緒じゃなくてずっとずっとさみしかった。かけっこも綱引きも棒取りも、ぜんぶけーちゃんと一緒にやりたかったよっ」

真咲が顔をくしゃくしゃにして泣いている。

圭介は真咲の頭をなでた。

「勝ったな、まーちゃん」

なでるといっても、おっかなびっくりではない。女の子の髪をなでるなで方ではなくて、もっと乱暴な——小さな男の子の親友同士が頭をなで合うような、力任せのなで方だ。

「へへへ。勝ったね」

真咲が圭介の頭をなで返す。やはり力任せのなで方だ。

「おまえら仲いいな」と博紀がふたりを呼びに来た。

「そりゃそうさ」と圭介が答えた。

「あたしたち、兄妹だもんね」と真咲がにかっと笑ってピースする。

けれども圭介はさらに飛ばした。

「俺たちは幼なじみの大親友で――どっちかが欠けちゃダメなんだよ」

真咲は一瞬真っ赤になったが、圭介と肩を組んだ。

「そーだ、そーだ！」と真咲が笑っている。

突然、圭介の頭の片隅が冷静になった。柄にもなくハイテンションなことをしている。

これでは明日は雨かもしれない――。

そう思うそばから雨が降ってきた。

天の神さまのリアクションが明日ではなく即座に返ってきてしまうほどに、自分はキャラでないことをしてしまったのかもしれない……。

小雨をものともせず、陽キャのみんなが「優勝うぇーい」と叫んでいた。

第九章 • いっしょうけんめいがんばったのですが、しっぱいしました……

朝だというのに夢の続きにいるようだった。

「あー……」

見慣れた天井。自分の部屋だ。

だるい。

体育祭は圭介たちの黄団が優勝した。

真咲の無双ぶりが他の生徒にも伝播したように、みなが爆発して摑んだ勝利だった。

その後、小雨が降り出し、ぬれた。

結果として、圭介は熱を出して寝込んだのである。

実は圭介はもともと身体が強くはない。小学生の頃は、よく扁桃腺を腫れさせて高熱を出していた。小学校の高学年頃にはそんなことも少なくなったけど。

いまでも年に一回か二回は高熱を出す。

今回は体育会あとのいまだった。

「だるい……」と口に出しても変わらない。

身体は熱を持ち、頭は重かった。

汗はかいていない。

体温計は「三九・二度」を表示している。

「ひさしぶりの三九度台……」

さっきからひとりで声に出しているが、返事はない。

平日の昼間だ。両親は共働きであり、真咲は学校。

つまり、家にひとりである。

しょっちゅう熱を出していたから、寝ているしかないこともよくわかっている。

だから、また目を閉じた。


次に目を開けたとき、誰かが階段を上がってくる音が聞こえたような気がした。

何時くらいだろう、と思ったらドアがノックされる。

「けーちゃん……？　入るよー……」

真咲だった。

制服姿の真咲。学校から帰ったばかりのようだ。カバンと買い物袋をさげている。

「おかえりー……」

「あ。起こしちゃった？」

「ちょうど起きたところ」

　真咲がベッドのそばに椅子を持ってきた。心配そうに覗き込んでくる。真咲の匂いがした。

「熱は」

「三九度二分」

　真咲が覆い被さるようにしながら、ほっそりした手で圭介の額や頬を触った。

「熱いね。かわいそう」

　しゃべり方がやさしい。

　いつもは陽キャなしゃべりの真咲が〝まーちゃん〟のしゃべり方になっている。

「真咲の手、冷たくて気持ちいい」

　いまの真咲の姿勢だと、胸元がかなり深く覗き込めるというか見えてしまっているのだが、煩悩は高熱に屈している。ただただだるい。

「水分は？」

「スポドリ飲んでる。あとビタミンCな炭酸」

「ごはんは？」

「何も食べてない。でも……お腹すいたかも」

「帰りに材料買ってきたから、おじや作るね。薬も買ってきたから、そのあと飲んで」

「ありがと」

「できたら起こすから、寝ててね」

「うん」そう言って圭介は目を閉じた。

さんざん眠ったはずなのに、またすぐに眠りに落ちていく。

あれ？　真咲、料理はダメだったんじゃなかったっけ……？


なにかおいしそうなにおいがして、目が覚めた。

けれども、部屋には誰もいないし、なにもない。

「まーちゃん……？」

返事がない。

圭介は気合を入れて上体を起こした。下の階の様子を見に行こうと立ち上がって、くらくらした。高熱のせいだろう。

ドアを開けようとして、思わず尻もちをつく。

途端に大きな足音がして真咲が飛び込んできた。

「どうしたの!?」

「いや。立ったら、くらくらして倒れた」

「熱があるんだから寝てないと」

真咲の身体から出汁のかおりがする。

「おじや、できたなら食べに行こうかなと思って」

真咲が憂い顔になった。

ほどなくして圭介の部屋に真咲のおじやが運ばれてきた。

だいぶ焦げていた。

おじやではなく、おこげだった。

風邪で鼻が利かなくなっているのか、焦げのにおいに気づかなかったらしい。

「いっしょうけんめいがんばったのですが、しっぱいしました」

真咲はうつむいている。

「もらうよ」

「いや。これはおいしくないと思うし」

圭介は黙ってスプーンを取って、おじやを食べ始めた。

味覚が熱でいい感じに麻痺しているので、苦みを感じない。

それよりも真咲が一生懸命作ってくれた気持ちが、素直に心にうれしかった。

「おいしいよ」

え、と真咲の表情が歪んだ。

そのとき、インターホンが鳴った。

インターホンの向こうにいたのは、圭介の様子を見に来た博紀と、真咲の様子を見に来た玲那だった。

圭介の部屋に真咲だけでなく、博紀と玲那もいるとさすがに窮屈な感じがする。

「大丈夫か、圭介」と博紀がベッドのそばにスポーツドリンクとビタミンCな炭酸を差し入れで置いてくれる。

「サンキュー。助かる」

「ノートは俺に聞くなよ？　真咲ちゃんのほうが頭いいし、熱心にノート取ってたから」

玲那は、「真咲ちゃん、ひとりで看病なんてマジ天使」と真咲を褒めあげている。

「いや、別にそんな」

「あたし、兄貴が風邪引いたなんて言っても基本放置。って言うかうつったらヤだから近づきもしないし」

「それこそうつったら悪いんだけど……」と圭介が言うと、「大丈夫。風邪ならまずあたしよりこっちのでかい博紀に行くっしょ。あ、でもバカは風邪引かないのか」

「ひっでぇな、おまえ」

「大丈夫。圭介の風邪はあたしのところでなんとかするから」

と真咲が胸を張った。

楽しい奴らだと思う。

博紀が圭介の食べていたおじやに気づいた。

「なんか焦げくさいと思ったら、それか。ひどいもの食べてるな」

と悪気なく博紀が言う。

圭介の目の端で真咲が小さくなる気配がした。

「ああ。熱でふらついてるから焦がしちゃってさ」

「あぶねえな」

「味は悪くないんだよ」

博紀が苦笑しながら、

「三九度の熱出しながらバカじゃねえの、おまえ」

「食欲があるだけマシだろ」

「まあな。――うどん作ってやる。材料買ってきたから。台所借りるぞ」

圭介は再び横になった。

「みんなありがとうな。――こんなにやさしくされて、俺、死ぬのかな」

「死なねえよ」と博紀が出ていった。

博紀がどういうわけか人数分のうどんを作ってきて、四人で食べた。

「あんた、意外に料理上手ね」と玲那がうどんをすする。

「夜食とか自分で作るからな」

うどんを食べ終わり、洗い物をすませ、博紀と玲那は帰ることにした。

「なんかあったらメールでも電話でもしろよ」

「あれだけうどんを食べていれば大丈夫っしょ。――真咲ちゃん、くれっぐれもうつらないように気をつけてね」

博紀は圭介の、玲那は真咲の心配をしながら出ていった。玲那は圭介への見舞いだったか定かではないが、真咲が風邪を引かないようにというのは同意見だった。

圭介はまた目を閉じた。

真咲は悲しかった。

圭介が熱を出して倒れて、「俺の代わりに学校へ行ってノートを取ってきてくれ」と頼まれて、しっかりノートは取ったけど。

スマホで調べながら作ったおじやは、焦げばっかりだったし。

あとからふらっとやってきた博紀のほうが、圭介を元気づけていたように見えたし。

それって、あたしが女だから？

男の子同士の友情のほうが、圭介は元気になるの？

幼なじみの頃だったら、あたしにもけーちゃんを元気にできたの？

体育祭の最後に「どっちかが欠けちゃダメなんだよ」って言ってくれたじゃん。

あれ、超うれしかったのに。


ばかばかしいくらいに、博紀にやきもち焼いてる。

あたし、へこんでる――。


圭介（けいすけ）の枕元で、寝顔を見つめる。

色白の肌は、熱で真っ赤になっていた。

汗をかいている。

寝息がどこか熱くさい。

いっぱい応援してくれた圭介に、あたしはなにもできていない。

情けないなぁ……。

気づけば、だいぶ暗くなってきていた。

何時だろう、と首を傾けたら、ちょうど圭介が目を覚ました。

「まーちゃん。いてくれたの」という声を聞いたら、なんだか涙が流れた。圭介が眉を八の字にする。「……なにかつらいことでもあったのか」

真咲は首を横に振った。

「圭介が熱でつらいのに、あたし、なんにもできてなくて――ごめんなさい」

最後のほうはひどくしゃくりあげて、うまく言葉にできなかった。

部屋のなかに、真咲の嗚咽（おえつ）が響く。

灯（あか）りをつけて、と圭介が頼んできた。

蛍光灯をつけると、圭介が上体を起こそうとしている。

真咲はびっくりした。「圭介。まだ寝てなきゃ」

驚いて涙が止まった真咲に圭介が言った。

「まーちゃんは、とってもよくがんばった」

圭介が、ぽふんと真咲の頭に手をおいてなでなでする。

「え？」

「俺、いままで風邪を引いても親父（おやじ）が仕事だと一日中ひとりで家にいるだけで、結構さみしかったんだ。けど、こうしてまーちゃんがいてくれて、すっげぇ心強い」

風邪で弱ってるからか、圭介が素直な気がする。

「でも、玲那とか博紀くんとか来たじゃん」

自分はひねくれている。イヤだな……。

「ああ。あいつらが来たの、初めてだ」

と圭介が真相を口にした。

「ほんと？　博紀くんも？」

「ほんとう。たぶん、木下が真咲の様子を見たかったんだろ。あいつは真咲のファンみたいだから。それで博紀もついでに引っぱってきた。そんなとこだろ」

「そうなんだ」

「男同士なんてそんなもんだ。よっぽどでなければ見舞いになんて来るわけない」

「ふーん」

男の子同士の友情に嫉妬していた真咲の心を見透かしたかのようだった。

「ごめん、頼んでいいかな」

「なんなりと！」

気合が入ってしまった。圭介が微笑(ほほえ)んだ。

「汗をかいたから着替えたいんだ。お湯でぬらして固くしぼったタオルがほしい」

「わかった」

タオルを用意して部屋に戻ると、圭介が倒れていた。

「けーちゃん!?」

「着替えを出したらめまいがして倒れた」

圭介が上体を起こした。無事でよかった。

「脅かさないでよ。マジ死んじゃったかと思って焦った。タオル、これでいいかな」

「ありがと。身体ふくからちょっと出てもらっていいか」

圭介がパジャマの上を脱ぎながら、ベッドのうえに倒れた。

○●○●○●○

次に圭介が目を覚ましたときにはすっかり夜になっていた。スマホを見ると日付が変わっている。だいぶ寝たらしい。

暗がりでパジャマの感触が違うのに気づく。

夕方、身体をふいて下着もパジャマも着替えたんだった。

あれ？　俺、ほんとに自分で着替えたんだっけ？

なんか、真咲に身体をふいてもらったような気がする。

それと。

着替え終わって再び横になったとき、真咲がこんなことを言ったっけ。

『早く元気になってね』

それで、真咲の顔が近づいてきて……。

圭介は思わず頬に手をやり、朦朧とした記憶に紛れた真咲の感触を思い出そうとした。

第十章・けーちゃんと一緒にねんねする

風邪はうつせば治る、とは俗説だが、意外と真実かもしれない。

翌朝、圭介は三六・九度まで熱が下がっていた。

ところが真咲のほうが熱を出して倒れてしまったのだ。三八・七度。

「ごめんな。真咲にうつったみたいだ」

「へーき、へーき。それより、けーちゃんが元気になったら問題なし」

「いや、あるだろ」

幼なじみだからと、こんなところまで似通っている必要はない。

あれほど真咲に移すなと玲那が念押ししていたのだ。現状を知ったら、「へー、そー。ふーん」と殺されるかもしれない。

平日なので当然ながら両親は今日も仕事である。

圭介は学校を休むことにした。

「あれ？　けーちゃん、学校行かないの？」

熱で赤い顔になった真咲が尋ねる。

「熱が下がったばかりでふらふらするから、休む」

本音は別にあった。真咲が熱を出して家でひとりなんて、心配すぎる。

「じゃあ、圭介も寝てなきゃだね」

と真咲が、自分も熱があるのに、圭介を寝かしつけようとする。熱のせいで目に涙が溜(た)まっているのに。

「大丈夫。真咲こそ寝てなよ」

「うん……」

うなずいたものの、真咲が動こうとしない。

「熱でつらいのか？」

「ううん」とパジャマ姿の幼なじみが上目遣いになる。「ひとりで自分の部屋で寝てるのが、さみしい……」

「え？」

「小学生の頃、風邪引いたんだけどママが仕事で家にいないじゃん？　だからひとりで寝てたんだけど、さみしくって泣いてた。そういうときにいつも思ってたんだ。『けーちゃん、どうしてるかな』って」

ヤバい表情だった。

圭介は深呼吸を数回して気持ちを鎮めた。

これは一般論である。風邪のときには気持ちが弱くなるものだ。さみしいから、圭介にそばにいてほしいとつながるわけではないはずだ。

　風邪のときに家でひとりで寝ているさみしさは、圭介だって重々承知している。

　体育祭で棒取りも一〇〇メートルもリレーも鎧袖一触の無双を決めてくれた勝利の女神、自信に満ちあふれたモデル級美少女が、こんな弱々しい表情を見せてきたら……。

　しかも、それがずっと昔から知っている大切な幼なじみなのだ。

　守ってあげなきゃ。

　俺はまた熱が出てきたのだろうか……？

「ときどき様子を見に行ってあげるから」

　と言ってみたものの、真咲は承知しなかった。

「一緒に寝る」

「はいぃ？」

「どっちかが欠けちゃダメなの」

「う」

「けーちゃんと一緒にねんねする」

　真咲が早くも圭介のベッドに足をさし込もうとしている。

「待ちなさい」

「ほえ？」

真咲の額に手を当てた。先ほどより熱い気がする。

「ここでふたりで寝たらベッドに入りきらなくて、ふたりとも熱がもっと出るぞ」

「じゃあ、けーちゃんがあたしを抱っこしてて」

「ちょっとなに言ってるのかわからないんですけど」

真咲、熱のせいで幼児退行しているのか。

圭介は立ち上がると、とにかく真咲を彼女の部屋のベッドに連れていこうとした。けれども、真咲は「さーみーしーいー」といやいやをする。

「しょうがない」

と圭介は真咲を横から持ち上げた。いわゆる「お姫さま抱っこ」のスタイルである。

「え!?」真咲が一瞬、正気に戻った。「あたし、大きいし重いよ!?」

おろして、とばたつこうとした真咲をなだめる。

「大きくない。重くない。俺には昔のまんまの小さくてかわいい〝まーちゃん〟だ」

不意に真咲は力を抜いて、圭介に身体を預けた。先ほどの圭介の言葉は嘘ではない。パジャマで覆われた真咲の肢体はどこもかしこも柔らかく、しなやかでありながら、熱のせいで熱い。自分より五センチ背が高いはずなのに、女子というのはこんなに小さく軽く感じるものなのか……。

真咲の部屋のベッドに彼女を寝かしつけた。熱で脂っぽくなって額にまとわりついている前髪を指ですいてあげる。

「圭介。やっぱり男の子なんだね」

「なにをいまさら」

「超かっこよかった」

と真咲がはにかんでいる。だからその表情はヤバいって。

「ちょっと待ってろ」と言った圭介のパジャマの裾を真咲が引く。

「どこにも行かないで〜」

「すぐ戻るよ」

後ろ髪引かれる思いでなんとか部屋を出て、圭介は自分の部屋へ向かった。

圭介は予告通りすぐに戻った。両手に布団を抱えている。真咲よりよほど重かった。

「よいしょ、っと」

「けーちゃん?」

「俺も横で寝かせてもらう。これならさみしくないだろ?」

「うん」と真咲が目の高さまで掛け布団を引っぱった。「けーひゅけ、しゅきぃぃ」

けれども、布団のなかで発された真咲の言葉は圭介の耳には届かなかった。布団を運んで体力を消耗した圭介が、そのまま眠りに落ちてしまったからだった。

圭介はふと目を覚ました。ヤバい。看病するとか言っておきながら、すっかり眠ってしまった。布団から抜け出すと、真咲の様子を見る。熱のせいでやや苦しげだが、かわいらしい寝顔を見せていた。頬の赤みは少し治まったようだけど、熱はどうだろう。

真咲の顔の熱さを確かめようとして手を伸ばし、あわてて引っ込めた。

どうして俺はさりげなく女子の顔に触ろうとしているんだ。

そのときだった。真咲が目を覚ました。

「うわああ」圭介は思わずのけぞる。

「どしたの？」

「何も!?」圭介は一度深呼吸した。「具合はどうだ？」

真咲が顔をしかめた。「身体が痛い。腰とか、背中とか」

「風邪のときそういうのあるよな」

真咲が掛け布団をはいで、うつ伏せになった。「マッサージして」

「え」

「背中、腰。とにかく痛くて。お願い」

パジャマ越しでもわかるなだらかな背中と腰のラインが、引き締まっていながら優美な曲線のおしりへと続いている。さらに太もも、ふくらはぎへと流れていくのだが。

「マッサージすか」

「早くぅ」

触っていいのか。

けれども、身体が痛いと言っているのを放置するのもかわいそうだ。

相手は幼なじみ――の男の子だと思おう。

圭介は勇を鼓して手を伸ばした。柔らかく熱い感触が圭介の手に伝わる。

ダメだ。男の身体はこんなにやわらかくない。騎馬戦で組んだ博紀(ひろき)の背中はもっとデカくて鋼のように固かった。

思わず博紀が真咲のパジャマを着ている姿を想像して、気分が悪くなる。

ひどい想像をしてしまった。まだ熱があるのかもしれない。

イマジナリー博紀を追い出せば、目のまえの真咲しかいない。

熱のせいで力が抜け、いつもよりなよよかになっている真咲の身体。

熱い息を漏らしながら苦悶(くもん)の表情を浮かべる真咲の顔。

なんかこう、守ってあげたいかわいさが溢(あふ)れまくっていた。

ゆえに、マッサージとはいえしっかり触ってしまったら、とてもいけないことになりそうな気がする……。

「――どうだ」

「もっと強く」

こわごわ触っていてはダメか。当たり前か。

圭介はちょっと力を入れた。

「どうだ？」

「うん。気持ちいい」

背骨から腰。腰の左右をもんでいたら、真咲が「もっと下も」とか言ってきた。

「え？　ここより下って」そこはおしりのふくらみである。

「お尻のうえのところもやって」

「やってって、おまえ」

「お願い」

圭介は覚悟を固めた。「あとでえっちとか言うなよ」

「言わない。……圭介なら」

圭介は腰をもんでいた手を少し下へ移動させた。

張りがあるヒップラインが、圭介の手で歪（ゆが）む。

「あああっ」

突然、真咲が嬌声（きょうせい）をあげた。

冷や汗がどっと出る。「なん、なん、なん――!?」

真咲がとろんとした顔を向けた。「そこ、ヤバい。もっとぉ」

マッサージが進むほどに、「ああっ」「いいっ」という真咲の声も深まっていく。

俺は理性が保てるのだろうか……。

マッサージをしていたら、真咲の声が静かになった。

「寝ちゃった？」と声をかけたら、うつ伏せの真咲が首を横に振った。

真咲が顔をこちらに向けると、

「圭介が昨日言ってたみたいに、風邪のときにひとりじゃないって、すごく心強い」

「そうだよな。ひとりで寝てるとやることないし、具合が急に悪くなっても誰もいないし、このまま誰も帰ってこなかったらどうしようとか、このまま死んじゃったらイヤだなとか、変なことばっかり考えちゃうんだよな」

「うん」

「親父が一生懸命仕事をしてくれているのはわかってたから、わがまま言えないよなって思って平気だよって言って」

「うん」

「でもほんとは——お母さんに会いたくて……」

「あたしもそうだった」

真咲の目尻から涙が落ちた。

「真咲も?」母親がいる真咲なら、病気で心が弱ったときに会いたかったのは「お父さん」なのだろうか。「お父さんとか、いてほしかったの?」

しかし、彼女はこう言った。

「圭介に——けーちゃんにずっと会いたかった。熱を出したとき、けーちゃんに会いたくてこんなふうにこっそり泣いてた。へへ。みっともないでしょ」

「そんなことないよ」と圭介は真咲の頭をなでる。「俺のほうがちょっと年上だもんな。お兄ちゃんなんだから、頼りたくなったんだな」

圭介のその言葉には、自分が熱を出したときに真咲に会いたいと思わなかったことへの贖罪が含まれている。

「汗かいちゃった。昨日のあったかいタオル、お願いしてもいい?」

「ああ」

昨日は言わなかったが、お湯をかけて絞ってもいいし、濡れタオルをレンチンして蒸しタオルにしてもいい。温かいほうがいいだろうと、圭介は蒸しタオルを作って戻った。

「サンキュ」と真咲。

「じゃあ、俺、部屋から出てるから」

と言ったら、真咲が止めた。

「自分じゃふけない。身体ふいて」

「は？」

　上体を起こした真咲がパジャマのボタンを外そうとして、断念する。

「とれない。圭介。脱がして」

「なに言ってんの、おまえ」

　そのあいだにも無理やり襟ぐりを開こうとして、胸のふくらみが少し見える。あ、ブラジャーはしてるのか、って俺はなにを見ているのだ。

　真咲、また幼児退行なのか……？

「けーちゃん、早く身体ふいてぇ」

「わかったよ」やけくそだった。「あとで脱がされたとか騒ぐなよ？」

「おっけー」

　きわめて事務的な表情を装って、真咲のパジャマに手をかけた。

　なるべく見ないように……。

　白いブラジャー姿が一瞬見えた。

　真咲は背中を向けると、黒絹の長い髪をまえに回して、「背中、ふいて」と頼んできた。

「わかった」と蒸しタオルを当てる。

「んんっ」

「熱かった？」

真咲が熱に上気したとろ顔で答えた。「気持ちよかっただけ」

圭介は背中をふく。女子の背中って、細いんだな。

ホックの下もふいて、と言われて、圭介の熱があがりそうになる。

なにも考えないように、ブラジャーのホックを軽く持ち上げ、ふいていく。

「これでいいか」

「ありがと」と真咲がこちらに向き直った。「あー。すっきり」

「よかった」

真咲が豊かな黒髪を後ろに戻したときだった。

「きゃッ」

「うわっ」

彼女の白いブラジャーがなんの前触れもなしに、外れた。

一瞬、真咲の大きな胸がふるえ、先端が見えた気がした。

圭介のほうが体温が二度ほどあがったと思う。

「背中ふいてもらったときに、ホックがずれちゃったのかも」

「ご、ごめん」

だが、高熱のせいか真咲が胸を隠す動きは妙にゆっくりだった。

「ちょうどよかった。まえもふいて」

「ああ!?」圭介(けいすけ)は自分の耳を疑った。

「まえもふいて。ちっちゃい頃はしてくれたじゃん」

「それは――」

泥んこになったけーちゃんの顔やら胸やらを洗ってやったことはたしかにある。

互いに洗いっこをして、タオルでふき合うところまでがワンセットだった。

しかし、それをいま、高校生のいま、やっていいのか？

「胸のあいだとか、アンダーのとことか。汗がもうヤバいから」

とアンニュイな表情の真咲が、手ブラの姿勢で圭介に近づいてくる。

心を無にする。視覚に映る真咲の肌は、ただのタンパク質と認識しよう。


張りのある肌の感触。

熱のせいで強くなっている真咲の匂い。

柔らかな何かの曲線。

「んっ」という真咲の小さなあえぎ声。

理性を保つのに素数を数えようとしたが、覚えてない。円周率を数えようとしたら「π」とか頭に浮かんでかえって悶絶(もんぜつ)した。

いま俺は幼なじみの介抱をしているだけだ。

やましい気持ちを抱いてはいけない。

そうだ。ミロのヴィーナスをふいているだけだ……。

……。

…………。

……………。

「これでいいか？」

きっと自分のほうが真咲より高熱になっているだろう。

上半身をくまなくふかせた真咲は、手ブラのまま立ち上がった。

「下もおねがい」

「はいぃ!?」

「もうムレムレで。パンツもぐしょぐしょ」

「具体的な描写はやめてくれっ」

「あたしもけーちゃんの下、ふいたし」

「嘘だよね!?」

さすがに勘弁してくれと思ったが、熱で潤んだ瞳の真咲が「おねがい」とささやけば、
やらなければならない。毒を食らわば皿まで。

手早く全身をきれいにふき、真咲の命じるままに新しい下着とパジャマを着せてベッドに寝かせた。真咲の汗でいっぱいのパジャマと下着を入れて洗濯機を回し、圭介は自分の布団に倒れ込んだ。


「けーちゃん。マジ神。ありがとー。超すっきり」

「うい」こちらは半死半生である。

真咲がベッドで横を向き、布団で寝ている圭介に顔を見せた。

「一緒に公園で遊んでいた頃にも、けーちゃんが熱を出したことがあったの、覚えてる？」

「うすぼんやりと」

「そのときも会えなくてさみしくて。とっても心配で。けーちゃんのことばっかり考えてたんだ」

「大丈夫だよ」と圭介は手を伸ばし、真咲の眉間のあたりをなでた。「俺たちはいつも一緒だから」

「うん」

「もう俺たちは親友のうえに、兄妹なんだから」

…………。

…………。

「えっと。圭介。いま、なんて？」

「俺たちは一つ屋根の下に住む兄妹。ずっと一緒だよ」

自分たちは義理とはいえ兄と妹。だから妹の全裸を見たって、いやらしい気持ちになってはいけない。妹の全身をくまなくふいてあげたとしても、暴走してはいけないのだ。

真咲の身体をふきながら、圭介はそう強く自分に言い聞かせていたところだったのだ。

さらに言えば、突然引っ越してしまってまた会えなくなるようなことは、もうないんだという想いも込めている。

そうだ。もう離ればなれにはならないのだ。

圭介は急に眠くなってきた。

「あれ？　あたし、どこで間違えた？　圭介にならって、あんなこともしたのに？」

なんだか真咲の声が聞こえたような気がする。

ひさしぶりに、あのかっぱ公園でまーちゃんと遊んでいる夢を見た。

翌日、真咲と圭介は元気になった。

余談ながら二日後、今度は両親が熱を出して寝こんだ。

第十一章 ・ ミッション・インポッシブル、スタート

今日は日曜日。圭介、真咲（まさき）、さらには英一郎（えいいちろう）とゆかりと、霧島家（きりしまけ）を順番に襲った風邪は撃退され、ひさしぶりに軽やかな休日を迎えていた。

天気も青空。

圭介と真咲は電車に乗って近くのショッピングモールへ来ていた。

「服でも見に行こうかな」と朝食のときに圭介がつぶやいたら、「あたしが圭介をかっこよくしてあげる。妹として」と真咲が元気よくついてきたのだ。

「妹として」のところに若干のトゲがあったような気がするが……。

ほんとうはひとりで来たかった。

真咲がいるのが嫌なのではない。

恥ずかしいのだ。

誰かと一緒に服を見るなんて、小学生の頃ぶり。

服を買うときに圭介が何よりも心がけているのは、「店員さんに声をかけられないこと」。

これに尽きる。

いらっしゃいませー。今日はどんなのをお探しですかー。それでしたらこんなのいかがですかー。あといまこんなのも流行っていて。これからの時季こういうのもいいかなーって思うんですよねー。

結局、いらないものまで買ってしまう。

否、欲しいものに辿り着けず、店員さんの勧めるものをただただレジへ運ぶだけのからくり人形になってしまう。

だから、とにかく店員さんに見つからないように、さっと入って、ささっと物色して、さささっと服をとらねばならない。

気持ち的には海女さんの素潜りである。

店の外で大きく息を吸って、店内に入ったら呼吸を止めて気配を消して服を買ってしまうのだ。

滞在時間は五分弱。

それが圭介の服の買い方なのだが……。

店内に入ってすでに十分が経過していた。

「ヤバくない？　ここのお店、圭介に似合いそうな服いっぱいあんじゃん」

真咲、すっかり元気である。

メンズの服を物色しながら、ときどき圭介の身体に当ててみていた。

ただ、ありがたいことに店員さんが声をかけてこないのが助かる。

真咲が服を合わせてくれているのを、彼女が服を見ていると思ってくれたのだろうか。

ちなみに今日の真咲はざっくりとしたカットソーにデニムスカートだ。

それにしても「圭介」呼びもだいぶ慣れてきた感がある。

「こんなのもいいなあ。こんなのも『お兄ちゃん』らしくていい」

相変わらず美麗な長身美少女の背中に、圭介は名前を呼んでみた。

「真咲？」

途端に真咲が跳び上がった。

「な、なぁに？」

と、真咲がぎこちなく振り向く。怒っているような、泣きそうなような、にやにやしているような、引きつっているような。

「えっと。……めちゃめちゃ怒ってる？」

「どうして!?」と真咲が嘆いた。「テンション、超アガってるのに」

「あがってる……」むずかしい。

「圭介とショッピングなんてマジヤバいのに」

ヤバい、は危険性の予見ではない。たぶん喜んでくれているのだろう。

いままで幼なじみだと思っていた。

親同士の再婚で再会したら、男同士でなかったことに驚いた。

なんだかんだと昔のように楽しくやってこられたと思った。

まあ、男女であれば距離感がおかしいところはあると思っていた。

それが急に「妹として」とか「お兄ちゃんらしくて」とか、ずいぶんと義理の兄妹であることを強調し始めた。

事実そのとおりなのだし、そう言ってきたのだが、なにか妙に引っかかる。

魚の骨が喉につまっている、というほどではないが、魚の骨が喉を傷つけたくらいにはなんだか気になる。


真咲が急に腕を組んできた。

「おいおい」

「お兄ちゃんと腕を組む妹なんてどこにでもいるっしょ」

「ほんとかな」

腕にいろいろと柔らかなものが当たる。大きめのカットソーなゆえに、なかのおおきなものの感触が伝わってくる。

「あ。真咲ちゃーん」という声が背後からした。

真咲と圭介はぱっと離れる。少し後ろに両おさげにメガネの楓子がいた。白い花柄のワンピースに小さな帽子姿。赤毛のアンみたいな格好だなと思った。

「部長!?」と真咲が楓子に手を振る。

「外で部長は恥ずかしいよぉ」と両おさげの地味子さんな楓子が苦笑した。

圭介たちの高校では体育祭を境に、原則的にどの部活も三年生が引退し、二年生が部長になる。茶道部は楓子が部長になったようだった。

「じゃあ、楓子ちゃん。——すっごいかわいい!」

真咲が笑顔で私服の楓子を褒めた。いきなり後ろにいた動揺を感じさせない。

真咲と楓子がタッチし合っている。

「ありがとう。——あ、霧島くんも一緒だったんだ」

冷たい目つきの楓子に、「ああ……」と曖昧に挨拶した。気づいていないなら気づいていないでよかったのだけど、この楓子の言い方、わざとだな……。

「真咲ちゃん、今日は買い物?」

「うん。服を見に来たの」

「ほんと!? モデルさんって普段どんな服を買うの!?」

楓子が食いついてきた。

「普通のだよ」と真咲が困った顔をしている。「楓子ちゃん、モデルって外で言われるの恥ずかしい……」

「あ、ごめん。――で、霧島くんはどうして一緒に?」

「あたし、ここ初めてだから、あー、道案内で?」

いいのか、真咲。一度嘘をつくとどんどんつじつまが合わなくなっていくぞ。

楓子が顔を輝かせた。「じゃあ、わたしがいろいろ案内してあげるよ。真咲ちゃんに似合いそうなお店わかるし」

圭介は口を軽くへの字にした。真咲が困った顔でこちらを見る。嘘なんてつくからこうなる。圭介は頭をかきながら、「実は俺の服を見に来たんだ」とすっぱり言った。

「一度、ちゃんとした服選びをしてほしかったから、ついてきてもらったんだ」

この言葉に納得したのか、仏頂面の圭介に恐れをなしたのか、楓子は退散した。

楓子とわかれると真咲がくるりと表情をあらためる。

「驚いたね」と真咲。

「うん」

真咲と圭介は顔を見合って苦笑した。

「次はあっちの店に行ってみよう」

と少し離れたメンズのセレクトショップへ、真咲は圭介を連れていく。

「やっぱり他の連中に見つからないほうが静かに事が運びそうだよな」

「そだね。――目立たないように行こう」

「あと、俺のだけでなく、おまえのも見ようぜ」と言うと、真咲の顔がぱっと輝いた。

「いいの？」

「もちろん」服を見ると言っても、男の圭介だ。気に入ったデザインのTシャツの一枚もあればいい。「それよりもせっかくショッピングモールに来たのだから、真咲こそ服を見てほしいと思ってるよ」

真咲の表情がによによとなった。ちょっと離れて後ろを向くと、なぜか両頬をぱんぱんたたいている。

「ありがとう、お兄ちゃん」

どういたしまして、と言おうとした圭介がいきなり真咲の腕を取って空いていた試着室に引っぱり込んだ。

あまり広くない試着室で、ほとんど真咲を抱きすくめたような形になってしまった。

視界いっぱいにきれいな真咲の顔が広がる。

「え？　え？」と真咲が赤面した。「そんな。こんなところで。でも、圭介がそうしたいなら」

真咲がそっと目を閉じた。

「ち、違うっ」と圭介が声を潜めて言った。「真咲。あっち見てみろ」

「え?」あわてて目を開いた真咲が、試着室のカーテンの隙間から外を見る。「え。玲那?」

「と、その仲間たちだな」

玲那がクラスの女子数人と楽しげに笑い合いながら、向こうで店を見て回っている。

楓子よりも説明に手間取りそうな連中があんなに……。

「休日までふたりで出歩いているとか見られたら、真咲、やっぱり嫌じゃないか?」

「圭介はどう?」

「俺は――悪いなと思う」

「悪い?」

「だって……」

俺みたいな陰キャと一緒にいたら、真咲が笑われるかもしれない。

そう言おうとしたが、さすがに自分が情けなさすぎて言えなかった。

真咲は一切悪くない。これっぽっちも。

自分がたぶん、悪いだけなのだ。きっと。

圭介が言い淀んでいると、真咲は「わかった」とだけ言った。

「わかった、って……」

「圭介がそうしたくないってだけで、あたしには十分な理由。よし」と真咲がにやりとした。「玲那たちに見つからないようにショッピングしよう。作戦変更。ミッション・インポッシブル、スタート」

真咲は圭介の腕を取って、試着室から出た。

ところが、このミッションは意外に難しかった。

このショッピングモールは同じ高校の生徒たちにとってなじみの場所なのだ。

別のメンズショップに入ろうとして、真咲が急に圭介の腕を引いた。

「うぉい」と、ひっくり返りそうになった。

「あれ。博紀くんたちじゃね？」

言われて店を見れば、博紀が男ばかり三人連れで服を見に来ていた。

「……男でも友達と洋服を見に来るって、ほんとにあるんだ」

これが陽キャというものか。

「何言ってるの。場所移動しよ」

メンズショップが難しいなら、ひと息つくのもありだろう。

そんなわけでゲームコーナーへ。

クレーンゲームを覗く。真咲がかわいいぺんぎんのぬいぐるみを見て、「ふわあああ」

と、とろけていた。

「好きなの？」

「うん。けー……じゃなかった、おにいちゃん、取ってよ」

「ふむ」

百円を入れる。クレーンがまるっこいぺんぎんのぬいぐるみを掴む。持ち上げて、開口部の上でぬいぐるみを――落とさなかった。

その手前、ほんとうにあとわずかのところで、取り落としていた。

「惜しい」と真咲が悲しい顔になる。

「あと少しだったのになぁ。でもあの場所ならすぐ」

そう言って圭介がお金を入れた。

そのときである。

「あー、惜しいー。もうちょっと、もうちょっとだったのに」

圭介と真咲が首を引っ込めた。

向こうのクレーンゲームで玲那たちがわいわい遊んでいる。

「追いつかれた。逃げよう」

「え？　でもいまお金入れたのに」

「見つかったらヤバい」

無事にゲームコーナーを逃げ出したふたりは、とにかくそこから遠いエスカレーターでレストラン階へ行った。別の階にフードコートもある。そちらで知り合いに遭遇した場合、オープンスペースなので逃げられないだろうと思ったからだ。

「ふふふ」

地中海料理ビュッフェなる店を見つけて入ったところで、真咲が笑った。向こうにはしゃぶしゃぶすき焼き食べ放題がある。きっと博紀たちはしゃぶしゃぶすき焼きに行くだろうと踏んで、圭介たちは地中海料理ビュッフェを選んだところだった。

「どうしたの？」

「鬼ヤバ」

「すごく楽しいってこと？」

「そうそう」

ピザにパスタ、チキンなど、どれもおいしい。初めて食べたクスクスは結構気に入った。

「うまいね」

「うん。超おいしい。スモークサーモンとかってマジ最高」

と真咲が流れるように陽キャしゃべりをして感激しているが、その取り皿は美しい。パスタもサラダもチキンのクリーム煮も、皿の中でごちゃ混ぜになるようなことはない。

こういうところが〝女の子〟なんだよなぁ……。

二周目に入って、スモークサーモンを多めに取ってきたときだった。

突如、真咲が食べ物のうえに突っ伏した。

「どした!?」

「あっちに引退した茶道部の先輩がいる」

「嘘!?」

「先輩、彼氏と一緒で楽しげだから、たぶんバレないと思うけど」

圭介とは面識がないが……。

「黙々と食べよう」

二周目を終わって、プラスアルファとデザートを持ってきたところで、今度は圭介が頭を抱えるようにした。

「どしたの？　頭痛い？」と真咲。

「向こうに博紀たちがいる」

「嘘!?」と真咲の声が裏返った。

「しゃぶしゃぶとすき焼き食いに行けよ、博紀。野球部なら肉だろ」

と圭介が小声で文句を言う。もちろん向こうには聞こえない。聞こえてはいけない。

結局最後は黙食どころか、ほぼ顔を伏せたままデザートを食べるハメになったのだ。

せっかくのカスタードプディングの味はなんだかわからないうちに終わってしまった。

けれども、なぜかとても楽しい食事だった。


逃げ回りつつお店を回り、お店のなかでうまくクラスメイトをやり過ごす。

もちろん目的の服を買わなければいけない。

圭介（けいすけ）のＴシャツは割と早く見つかったが、真咲の服がなかなか見つからない。無理に買わなくてもいいのだが、自分だけというのは不公平にも感じる。そんな気持ちで店を巡り、やはり真咲がＴシャツを一枚買った。

「ミッション、コンプリート？」

「コンプリート。おもしろかったね」

真咲がお手洗いに行く。

ひとりになると、圭介はさみしくはあったが気楽だった。

壁によりかかってスマホをいじっていると、横合いから黄色い声がした。

「ヤダ、霧島（きりしま）がいる。サイテー。消えてほしい」

存在そのものへの罵倒。なにもしていないのに浴びせかけられた悪口と侮辱。

胃が冷たくなった。

女の声だが、玲那やクラスメイトではない。さすがにここまでは言われない。

けれども聞き慣れた、とてもとても聞き慣れた声だ。

なるべく表情を変えないようにして、声のほうをみると中学時代の知り合いの男女が何人かいた。中心になる男は島川。ツーブロックの髪型で、厳つい。その横にいる女子は木村。これと言って特徴のない普通の女子だが、圭介を見て顔をしかめ聞こえるように舌打ちをしている。先ほどいきなり罵倒の言葉を投げかけたのは彼女だった。

他にも男女数人いるが、みな同じ中学で島川とつるんでいた連中だ。

「おいおい。高校二年でもまだ木村が好きなんじゃねえの？」

と島川が嘲笑すると、他の全員が――当の木村も――嘲笑する。

「もう、ほんと気持ち悪い。サイアク」と木村が嘲りの表情を浮かべた。

ちがう、と口のなかでつぶやく。だが、うまく声にならない。

「中学一年で木村に告白してフラれたんだっけ？」

「違う違う。霧島が木村がいいなと思ってて、それが木村にバレて、以後、木村が逃げ回ってたんだよな」

外見的にはおおむねあっている。

ただ、木村に自分の気持ちがバレた段階で、あこがれは失せていた。

だが中学を卒業するまで、クラスでも廊下でもほんのわずかでも圭介の姿を見かけると、木村は「きゃー」と笑いながら悲鳴を上げて仲のいい女子と逃げていただけだ。

移動教室などの班で一緒になってしまったときにはもっと悲惨だった。目を合わさないどころかひたすら顔をしかめ、舌打ちを続けては「サイアク」「サイテー」と小声で毒を吐き続けていた。

もちろん、教師の目に入らない場所で、である。

このことを圭介は誰にも相談しなかった。

当然、父親にも。変な心配はかけたくなかったし、恥ずかしかったからだ。

博紀は何かしら圭介を助けてくれようとしていた。けれども、「これについては、かまわないでくれ」と冷たい態度を取ったのは圭介のほうだった。「いいなと思った女子から逃げられていじめられているけど、やめてくれ」なんて、なおさら惨めになるだけだったからだ。

おかげで、圭介に反論のチャンスは巡ってこず、ひたすら三年間、罵倒され嘲笑され続けたのだ。

島川と木村が何だか笑っている。

自分のことで笑っているのだろうな。

なぜだか身体が動かない。

まるで見えない縄で縛りつけられたみたいだ。

どうして俺はここにいるんだっけ。

ああ、そうだ。真咲を待っているのだった。

真咲にはこんな情けない姿、見られたくないな。

真咲に嫌われたら、俺は――。


「おまたせ～」

つばめが空を切るように、明るい声が圭介を動けなくさせていた戒めを切り裂いた。

真咲だった。

最上級の笑顔で戻ってきた真咲は、圭介と腕を組むと胸を押しつけ、頬を寄せた。

「嘘だろ」「マジかよ」「すげえ美人」と島川たちが信じられないものを見たとばかりに叫んでいる。

「ま、真咲」

「待たせちゃってごめんね、圭介。デートの続きしよ」

読モを余裕でこなす長身美少女が、自分の魅力を全開にしていた。

「デートぉ!?」と、いちいち島川たちがうるさい。

「霧島に、彼女……？」と木村が醜く顔を歪ませている。

真咲が再び極上の笑顔で宣言した。

「圭介は世界でいちばんの彼氏。マジ最高。超かっこいい。圭介のいいとこいっぱーい知ってるもんね」

「…………」

中学時代のまま嫌悪感を隠そうともしない木村を、背の高い真咲は見下ろすようにした。

「どんな理由があっても、あたしは自分のことを好きになられて、相手を罵倒したり嘲笑ったり舌打ちしたりするような女じゃないの。そういう女をブスって言うのよ。聞いてる？　そこのモブ女」

「くっ……」

おとな美人の笑顔の真咲が、木村を粉砕する。

真咲は見せつけるように密着して、はっきり透る声で言った。

「圭介、大好き！」

真咲は圭介と腕を組んだまま歩き出す。

あとに残されたのは呆然としている島川や、いらいらした表情の木村たち。

一回だけうしろを振り返った真咲は、あっかんべーをしながらひとことだけ言った。

「ざまぁ」

しばらく歩いて、ふたりはカフェに入った。混んでいる。いまはこのくらいの混み具合がありがたい。みんな、スマホや自分たちの会話だけに集中しているからだ。

冷たい飲み物を飲んで、圭介は人心地がついた。それで、言った。

「情けないところ、見られちゃったなぁ」

言わずにはいられなかった。

真咲があのように乱入してきたのは、そのまえの島川たちの言葉を聞いていたからだ。

圭介は中学三年間受け続けてきた嘲笑と罵倒について、真咲にごまかさないで説明した。

本当ならごまかして、隠しておきたい、言いたくない内容だったけど、いまだけは真咲に話しておきたいと思ったのだ。

真咲に話すチャンスはいまをおいて他にないだろう、とも思った。

けれども、真咲はあっけらかんと言ったのだ。

「情けないことなんてないよ」

「え？」

「だって、圭介はあの木村って女をちょっといいなって思っただけでしょ？　別にストーカーしてたわけでもないし。それよりも」と真咲が言葉をつまらせた。「よくあんなのに三年間も、ひとりで耐えたね……」

「………」

「あんな、頭の悪そうな、人を馬鹿にして笑うことしかできない奴(やつ)らに、一方的に屈辱を与えられて。――あたし、絶対許さない」

真咲が泣いていた。悲しみでも同情でもない。熱い怒りの涙だった。

「…………ッ」

その瞬間、圭介の心の奥で何かが弾(はじ)けた。


そうか。あれは理不尽なことだったのか。

俺が悪かったわけではないのか。

ほんとうは、俺は怒りたかったのか――。


真咲は両手で涙を拭いながら、続けた。

「ああ。どうしてあたし、中学のときの圭介のそばにいなかったんだろう。いたら、あんな奴ら、こてんぱんにしてやったのに」

「おいおい」と言ったあと、圭介は声を落とした。「ありがとう。真咲」

真咲が真っ赤になった。

「ど、どういたしまして?」

「俺、やっぱりつらかったんだろうなと思う。さっきのことがあったせいで、俺はだいたいクラスの隅で息を潜めて勉強だけやっていようと思うようになったんだ」

圭介が陰キャサイドになった原因だったのだ。

「そっか」と真咲がドリンクをひとくち飲んだ。「てっきり、あたしが引っ越しちゃって〝また明日の約束〟が果たせなかったことで、なんかこう、『約束破られたー』『友達なんて信じられねー』みたいな感じになっちゃったのかと申し訳なく思ってたんだけど」

「あー、それでそこまで行かない。だって小さかったし」

「それはそれでちょっとショック」

「心のどこかで信じてたんだと思う。『まーちゃんにはまたいつか会えるんだ』って」

真咲がまた目に涙をためた。

「けーちゃん……」

「なんてな」と、恥ずかしくなって冗談ですまそうとしたが、素直な言葉は真咲の心にも入り込んでしまったようだった。

圭介がちょっと横を向いてドリンクを飲んでいると、真咲が「あ！」と叫んだ。

「一個忘れてた。これだけは言っておきたい。さっきの、圭介の中学時代の話だけどさ」

「うん」

「あたし以外の女の子にあこがれたときがあったっていうのは――ちょっと妬けちゃうかも」

涙のあとが残る顔で、真咲がはにかんだ。

どきり。

なんだこのかわいい生き物は。

圭介(けいすけ)は咳払(せきばら)いをしてごまかした。

「だって、その頃はまーちゃんが男だと思ってたから」

「でも、もう女の子だってわかったでしょ？」

「まあな」

「だーかーらー。これからはあたしだけを見てればいいじゃん」

と言って、真咲は真っ赤な顔になり、そっぽを向いてつけ足した。

妹として、と。

第十二章・親愛なる兄上さま。ここはどこですか？

体育祭が終わって学校は少しずつ中間テストの態勢に入っていく。

そんなわけで玲那が真咲を誘って、図書室で勉強をしていた。今日は女子バスケ部が休みなのだ。

「ここは、こいつを代入してやって、一気にキメる！」

とても数学を教えているとは思えない表現で、真咲が玲那に指導していた。

「うわー、ヤバい。あたしにもわかった！　やっぱ真咲ちゃんマジ神」

いまのでわかる玲那は実は頭がいいのかもしれない。

互いに問題を解きながら、つまったときだけ真咲が助言していた。

真咲の勉強は早い。集中力もある。だから、どんどん問題を解いていく。

しかし、妙に周りをきょろきょろしていた。

「はあ……」と、真咲がため息をつく。

「どしたの？　ああ、周りにうるさくないかって？　たぶん大丈夫でしょ」

「そだね」

真咲が勉強に戻る。

だが、しばらくすると今度は立ち上がった。「ちょっとお手洗い」

図書室から出た真咲はお手洗いには立ち寄らず、校内を早足で巡り始めた。あんまり遅いとすごく長いトイレに思われるので注意が必要だ。

真咲は圭介を捜しているのだった。

先日のショッピングモールの一件は中学時代の出来事だ。高校になってからは同じような出来事は起こっていない。けれども、なんだか心配だった。

手のかかる幼なじみを持つと苦労が絶えないのだ。

どこかでけがしてないか、すみっこで泣いてやしないか。

そんな心配。

ときどきメッセージを送っているけど、いまのところ既読もつかない。心配だ。

同時に、勉強をがんばっているところを見てほしかったりもする。

図書室に戻ると、玲那がしおれていた。

「どーしたー」

「この証明、難しすぎ……」

たしかに難しい。なんでそうやって証明を進めていくのかと言われても、真咲には「勘」としか答えられない。

圭介ならちゃんと説明できるかもしれない。

そんな問題がこれからいくつかある。

とりあえず玲那が苦しんでいる問題を解いてあげると、真咲はもう一度席を立った。

「どこ行くの？」

「お手洗い」

「さっき行ったばっかりじゃん。ヤバくない？」

「ちょっとヤバい」

ここから先は圭介にもいてもらわないとヤバい。いろんな意味で。

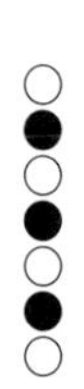

圭介は迷っていた。

スマホに《図書室で玲那と中間の勉強会》《圭介もおいで》《おたすけー》《圭介神、降臨希望》とメッセージが来ている。すべて真咲からだ。担任に頼まれた仕事を手伝っていたら、こんなメッセージが溜まっていたのである。

カバンを持って図書室に行くと、玲那がひとりでスマホをいじっていた。

「うちの真咲、いない？」

と尋ねると、「お手洗いに行ったきり二〇分くらい帰ってこない」とのこと。

「お手洗いに行くのもこれで二度目だし。真咲ちゃん、お腹壊した？」

「いたって健康だと思う」

昨日の夕食もおかわりしてたし。

「そっか。でもなんかおかしかったんだよね、真咲ちゃん。圭介なんかやった?」

「やってない。やってないけど、どうおかしかったかは興味がある」

「なんかずっときょろきょろしてたし、勉強集中しないでときどきスマホいじってたし」

「いま木下もスマホをいじってるような気がするけど」

「これは……そう、難しい問題の解法を探してたの」

「解答ページを読め」

なるほど。なんとなく見えてきた。

そのとき、圭介のスマホが振動した。

《親愛なる兄上さま。ここはどこですか?》

圭介は図書室を出るとスマホをタップした。

「もしもし?」

『あ。圭介』

「で、どこにいるの?」

『よくわかんなくなった』

「何階にいるの」

『三階か四階』

「そこは、はっきりしようぜ」

『じゃあ三階』

圭介はため息をついた。「迷子になったのか……」

『だってぇ』と真咲がぶーたれる。『圭介はまだかなー、どこかなーって捜してたらこうなっただけだもん』

「とりあえず、どの教室の前?」

『待って。……社会科教員室?』

圭介は軽く天を仰いだ。

この高校は大きく分けて南北ふたつの校舎を、渡り廊下が結ぶ構造になっている。南校舎がメインですべての学年の教室があり、本館と呼ばれている。北校舎は理科実験室や調理室などの移動教室と、いくつかの教員室があった。

「本館にいないのかよ」

図書室は本館の四階にある。

真咲がその前にいると言った社会科教員室は北校舎三階だった。

『あ、こっち北校舎だったんだ。いまそっちに行くね』

「待て――」

スマホは切れてしまった。

しかし、少ししたらまたスマホが振動した。真咲だった。

『ごめん。北校舎から出られない。あたし、呪われた？』

「呪われてない。そっちの四階からこっちの四階に来ようとしたんだろ」

『うん』

「四階は放課後になるとドアが閉められる」

『そっか。じゃ、三階からそっちへ行って上にあがればいいんだね』

「いや、もういい。俺がそっちに行く。真咲は北校舎の四階から動くな」

約五分後、階段でしゃがみ込んでいる真咲を、圭介は無事に回収した。


そういえば同じようなことがあったな、と圭介は膝を抱えてしゃがんでいる真咲を見ながら思い出していた。

かっぱ公園で、ふたりでかくれんぼをしたときのことだ。

圭介が鬼になった。

『もういいかい』

『もういいよ』

鬼になった圭介が真咲を捜し始める。

だが、なかなか見つからない。もういいよ、という声が聞こえたのだから、そんなに遠くへ行っていないはずだけれども……。

最初は楽しく捜していた圭介だったが、五分もたてば不安感のほうが増してくる。

『まーちゃーん』

返事がない。

圭介は不安でめまいを起こしそうになりながら、公園中をぐるぐる走り回った。

植え込み。公衆トイレの裏。木の陰。かっぱの後ろ。椅子の下。すべり台の反対側。

とにかく公園のなかを何度も走り回った。

まーちゃん、どっか行っちゃった？

怖くなってきた。べそをかきそうになる。

『まーちゃーんっ』

もうくたくたになった頃だった。

植え込みの中に、見慣れた黒髪の後ろ頭を見つけたのだ。

『まーちゃん、みーつけた』

とタッチする。でも、おかしいな。ここは何回も見たところなのに。

見つかった真咲がなぜか泣きながら植え込みから出てきた。

『けーちゃん、おそかったよぉ』

『ごめんね。でもなんかいもみたんだよ？』

かくれんぼを鬼からの徹底逃亡と誤解していた真咲が、「もういいよ」と言ったあとも移動を続けていたという。見つからなくて当然だった。

それどころか、真咲はちょこちょこ移動しては公園の外へ出てしまったり、どこかの庭に入り込んでしまったり、迷子になっていたらしい。

公園の植え込みに戻ってこられたのは偶然の賜物だったのだ。

以後、真咲が隠れるかくれんぼは禁止になった。

「まったく。小さい頃のかくれんぼと一緒じゃんか」

「まことに申し訳ございません」

真咲がしゅんとなっている。

「学校で迷子って、どうすればそうなるんだよ」

真咲が唇をとがらせた。「だってさ。圭介がなかなか来ないから」

「俺だって先生から用事を頼まれてたんだから」

「はーい」

とはいえ、日直などで用事を頼まれるたびに真咲が圭介を捜して迷子になるのはいかがなものか。

「学校内で俺を捜し回るの、禁止な。かっぱ公園のかくれんぼと同じ」

「…………」

真咲、少しむくれている。

ちょっとかわいそうになった。

「まあ、ちゃんと居場所がわかれば大丈夫だろうけど」

真咲の顔がぱっと明るくなる。

「なんだ。これから先はずっと圭介がどこにいるか教えてくれるってことで解決じゃん」

「どうしてそうなる？」

「幼なじみの大親友で兄妹。やっぱりいつもツーマンセルなんだよ」

モデルみたいなすらりとした美少女と、もう少し身長がほしい陰キャのツーマンセル？

圭介はやれやれとため息をつくと、真咲の頭を軽くなでてお茶を濁した。


図書室に戻ると玲那（れな）が手を振って出迎える。

「真咲ちゃん、ずいぶん長いトイレだったね」

とか言いながら、スマホをいじっている。

こいつ、人の苦労も知らないで怠けてたな――。

圭介は真咲ごと、玲那を数学の激問でごりごりにした。

第十三章 ・ あたしが一緒にいないと一パックしか買えないよ？ ……………

高校生活は意外に忙しい。

そろそろ本格的な中間テスト期間に入ろうという直前に、文化祭についてあちこちがごそごそと動き始めていた。このくらい行事が目白押しだと、どの行事にも気合いを入れて臨まんとする陽キャな人びとは倒れやしないだろうかと、圭介は他人事（ひとごと）のように——いや、他人事として、心配している。

自分が陰キャにくみすることになった直接的な要因と言うべき中学時代の黒歴史は、真咲のおかげで打ち砕かれた。

けれども、いまから陽キャになるには圭介という人間のアイデンティティは、柔軟ではなかった。次に陰と陽を入れ替えるタイミングがあるとすれば、大学デビューだろうか。それとても、不可能な気がする。

そんな圭介のような立ち位置の人間にとっては、勉強の合間にいろいろな行事が来ること自体は決して悪くはなかった。気晴らしのようなものである。

それもこれも、クラスの出し物はともかく、帰宅部としてなんの部活にも所属していないがゆえの気楽さでもあった。

同じような気楽さを求めて真咲は茶道部に属していたのだが、文化祭は茶道部にとって最大の見せ場である。

明日から中間テスト期間に入る放課後、楓子が真咲を訪ねてクラスにやってきた。

「――真咲ちゃん。文化祭では茶道部は必ず出展するんだけど、わたし、まだ真咲ちゃんのお点前を見たことがなくて」

「あー。そうだっけ？」

茶道部だけになんとなくお茶を濁そうとする真咲。お点前を見たことがないというのは、そのとおりだろう。なにしろ転校以来、真咲は基本的に帰宅部の圭介と登下校をほぼほぼともにしていたのだから。

「明日から中間テスト期間で部活が休みになるから、今日見せて」

と楓子がお願いしている。

「どうしよう、圭介」

「どうしようというか、やるべきでしょ。部活なんだし」

「じゃあ、圭介も付き合ってよ」

「どうして。買い物もあるのに」

今日は卵が安いのだ。

「だって、安売りの卵、おひとりさま一点限りだよ？　あたしが一緒にいないと一パックしか買えないよ？」

「………」

そんなわけで、なぜか圭介も茶道部の活動を見学しながら時間を潰すことになった。

茶道部は調理室の片隅に畳を敷いて茶室に見立てている。

茶道部のみなさんは、転校生の真咲（まさき）の噂（うわさ）は聞いていただろうが、真咲が週一の部活をちょいちょいサボっているために見たことがなかったのだろう。少し遠巻きにして、「超美人」「モデルみたい」とひそひそやっていた。

茶道部のみなさんが真咲をよく知らないように、圭介は茶道をほとんど知らない。茶釜。茶筅（ちゃせん）。茶碗（ちゃわん）。あとはお菓子。このくらいしか圭介はわからない。

わからないのだが。

お点前をするために真咲が正座した。

明日から衣替えのため、まだ冬服だ。

しっとりした黒髪の、長身で美麗な少女が、作法どおりに振る舞う。

いつも元気で「ヤバい」「マジ」などを連発している真咲とは別人のようだった。

真咲をじっと見たら悪いだろうと思いつつ、目が離せない。

周りの女子よりも大きな背丈がむしろ清々（すがすが）しく、楚々（そそ）とした美少女がそこにいた。

真咲、こんな一面があったのか……。

茶を点(た)てる音も心を静めてくれるようだ。

それは茶道部のみなさんも同じのようで、部長の楓子以下、二年生も一年生もうっとりした眼差(まなざ)しで真咲を見つめていた。

流れるような所作。伏し目がちの長いまつげ。指先まで薄桃色のきれいな肌。

茶碗を差し出し、礼をする姿も陶然としてしまうほどの秀麗さだった。


お茶を出された楓子が正面をずらし、三回に分けてすする。

「結構なお点前でした」

「恐れ入ります」

頭を上げた真咲が、ふっと表情を緩めた。

それが合図になったように、茶道部のみなさんも息をついた。

「すごくお点前が上手」

「きれいだった」

「あたし、茶道部入ってよかった」

みなが口々に言うなか、真咲は楓子に「ひさしぶりで緊張しちゃった」と苦笑いしていた。いつもの真咲の表情で、圭介はほっとしたような、もう少し先ほどの真咲を見ていたかったような複雑な気持ちになった。

　真咲が再びお茶を立て始めた。

　今度も作法どおりだが、より自然で軽みがある。

　すると真咲が立ち上がり、そばで椅子に座っていた圭介にそのお茶を持ってきた。

「はい、圭介。付き合わせちゃったお詫びとお礼」

　ありがとう、と圭介は茶碗を回し、お茶をすする。三回くらいで飲みきるのは知っていたが、ひとくち飲んで思わず茶碗から口を離してしまった。

「これがお抹茶？　めちゃくちゃおいしいんだけど」

　お茶の香りが馥郁としていて、渋みを包むような甘みが舌に広がったのだ。喉を過ぎるときに、もう一度お茶の香りが鼻に抜けている。

　こんな抹茶、飲んだことがなかった。

「ほんと？　やった」

　小さくガッツポーズをした真咲がふとよろめいた。

　きゃ、と小さく悲鳴をあげて倒れる。

「あぶない！」

　圭介はその身体を抱きとめるように支えた。

「あはは。しばらくぶりのお点前だったから、正座で足がしびれちゃった」

真咲の身体をこんなふうに受け止めたのは、風邪を引いたときのお姫さま抱っこ以来な気がする。そう思った途端に、あの日の出来事が鮮明に思い出され、圭介は懊悩（おうのう）した。圧倒的な肌感が記憶の底から甦（よみがえ）り、圭介は耳まで熱くなった。

「き、気をつけろよ」

「うん。ありがと」

茶道部のみなさんは「きゃー」とか言っている。

楓子だけは、「破廉恥！　破廉恥だ！」と騒いでいる。破廉恥とはまた古風な……。

「ま、まったく手のかかる〝妹〟だな」

「お、おにいちゃんがいてくれて助かった。あはは」

「う、うん。おにいちゃんだからな」

真咲がゆっくりと圭介の身体から離れようとして、またよろめく。圭介はもう一度あらためて真咲を抱きとめる形になった。

「あは。ありがと」

「少しじっとしてたら？」

今度は恥ずかしいよりも、なんだか笑えてきてふたりで笑ってしまった。

第十四章・圭介成分がたりない……

中間テスト期間になると部活もなくなり、学校全体が試験モードになる。進学校だから、そのへんのめりはりはしっかりしている。

ところがここにひとり、元気を失っている女子がいた。

真咲である。

いま、真咲はリビングのテーブルに突っ伏していた。

「あー……。あーあーあー……」

「なにをそんなに死んでるんだ？」

勉強をしていた圭介が尋ねると、真咲の変な呻き声がやんだ。

顔を上げた真咲が圭介の手を取る。その手のしなやかさにどきりとした。

「圭介成分がたりない……」

「はい？」

意味不明の表現に首を傾げると、真咲が説明してくれた。

「玲那が図書室で勉強してるじゃない？　玲那って家だと寝ちゃうらしくて、それで図書室で勉強してるんだけど、あたしも同じようなところがあって。毎日の宿題はともかく、中間とか期末は図書室のほうが集中できるんだけど」

「俺は家でのほうが集中できるからなぁ」

リビングで好きな音楽を聴きながら勉強したほうが、よほど集中できる。場合によってはテレビもつけている。適度にいろいろな刺激があったほうが、はかどるのだ。

真咲がごにょごにょ言った。「だからさ……ちょっとさ、さみしくってさ」

一七〇センチの真咲が小さく見えた。

こんなところは、昔、公園で一緒に遊んでいたときに、なにかの拍子にすねてしまった顔とまるで変わっていないな。

「それはそれ。きちんと勉強しようぜ？」

と一応正論を言ってみるが、「あー」とまた真咲がのたうった。

圭介は一度自分の部屋に戻ると、ゲーム機を取ってきた。

「真咲。マ〇カー対決。五本勝負でいいな？」

「勉強は？」

「休憩」ゲーム機を起動させる。「俺に勝ったら、俺が一日図書室で勉強を一緒にする」

真咲の目の色が変わった。

真咲のドン〇ーコングがぶっちぎりで無双していく……。

翌日の放課後。図書室にはにこにこの真咲と仏頂面の玲那、いつもどおりどこか怒気を含んだ表情をしているように見える圭介が集合していた。

他の席の生徒の距離が、心なし遠い。

「さー、今日も勉強がんばろー」

真咲が猛然と問題を解き始める。

夏服になってシャツの白さが眩しい。サマーセーターは腰に巻き、胸元のボタンを外しているので襟元の肌の白さも際立つ。目の毒だった。

「で？　なんであんたがいるの？」と玲那が低い声を出した。

あんたとは、圭介のことである。

玲那も真咲と同じような格好だが、全体の——特に胸元の——〝迫力〟が違う。というか弱い。

「このまえだって数学を見てやっただろ」

「それはそれ。女子同士の勉強に何回も割り込んでくるなんて、どんな変態よ」

「いろいろあるんだよ。それにしてもそこまで言うか。博紀なら泣いてるぞ」

玲那の憎まれ口は悪意がない。どこかからりとしている。中学時代の黒歴史と比べればそよ風のようだ。黒歴史さまさまである。

「な、なんでそこで博紀が出てくるのよ!?」

向こうの図書委員がちょっとこちらを睨んだ。玲那が真っ赤になってノートに向かう。この反応。もしかして、もしかするのだろうか。

真咲のほうが早く動いた。

「お？　玲那って実は博紀くんのことが？」

「そんなわけないし!!」

即行で否定する玲那。また図書委員が睨んでいる。「静かにしてください」と指導もされた。圭介はショックを受けた。俺が図書室でうるさくして注意されるなんて……。

玲那が勉強をまじめに始める。

圭介も勉強するが、どうにも落ち着かない。頭のなかではすでに、今日一日分の勉強時間をロスしたと仮定してスケジュールの再考が始まっている。

はたから見ると、やたらと不機嫌そうに見えるはずだ。

「圭介。なかなか勉強がはかどらないみたいじゃない」と玲那が小声で話しかけてくる。

「まあな」

「ふーん。案外大したことないのかもね。どう？　こっからここまで、数学の問題、どっちが早く解けるか勝負しない」

ばかばかしい。ひとりでやっててくれ、と思ったが、圭介は気を変えた。

「おまえ、俺に勝てると思ってるの？」

「ムカつくっ。ぜってー勝つ」

圭介は内心で笑った。ちょっとあおっただけで、玲那がかんたんにのってきたからだ。競争に名を借りてばっちり勉強させてしまえ。

と、玲那が真咲に甘えた声を出した。

「真咲ちゃーん。あたしのこと、応援よろ」

「うん。玲那がんばれー」と言ったあと、真咲がこちらを向いた。「圭介もがんばれー」

玲那のあと、か。

くだらないと思いつつ、自分が先に応援されなかったのが微妙にショックだった。

それ以上に、そんなことにショックを受けた自分にいらつく。

だから、問題を解くことに集中した。

勉強対決。僅差で圭介が勝った。

「やるじゃん」と玲那。

「おまえもな」

二回目。今度は僅差で玲那が逆転した。

「ほほほ。実力の差ってやつ?」と玲那。

「ほざけ」

圭介は表情をますます険しくする。

三回戦のまえに、お手洗いに玲那が立った。

玲那がいなくなると真咲が圭介に小声で尋ねてくる。

「ねえ。玲那相手に手加減してやってたりする？」

真咲からいいかおりがした。

「そういうわけじゃないけど……」

「なんとなく、いつもの圭介らしくないスピードだなと思ったんだけど」

相変わらず鋭い。幼なじみというのはこういうのもわかるんだな。

だったら、その先もわかれよ、とか思ってしまう自分が情けない。

「いつも圭介と一緒」みたいなことを言ったって、やっぱり他にも友達がいるのは当然だ。明るく元気な真咲がクラスのメインストリームである陽キャなみなさんと一緒にわちゃわちゃするのも、真咲の楽しい高校生活のためには大事だ。

だからいつも自分に言い聞かせていたじゃないか。いつも一緒とか言われても、五十分の一とか百分の一で受け止めておかないといけないって。

圭介はため息をついた。

「なんでもねえよ」

「そんなふうに見えないんだけど」

真咲なりに心配してくれるのはわかる。

けど、そうされるほど自分が子供じみて情けなくて……。

「………」

頭をかく。あちこちを見る。もう一度ため息。

とうとう圭介は観念した。

「なんて言うかさ、ちょっといらいらして集中できなかった」

「どうして？　珍しい」

圭介は真咲の目を見た。心底、「理由がわかりません」という目をしている。

「……ほしい」と圭介は横を向いて言った。

「え？」

圭介が頬を引きつらせながら、繰り返す。

「やっぱり真咲には、俺だけを応援してほしい」

なんで俺はこんな恥ずかしいことを口にしたのだ。

圭介が自己嫌悪で悶え苦しむ目の前で、真咲は目を丸くし、どういうわけか頬を赤くした。頬杖をついてこちらを覗き込んでくる。

「ふふふ。あたしが玲那を応援してさみしかったんだね。けーちゃんかわいい」

「やっぱりいまの言葉はなしだ。忘れろ」

「大丈夫。あたしがほんとに応援するのは圭介だけだよ？」

耳にかかる髪をかき上げ、圭介の目を覗き込むように微笑みかけてきた。「けーちゃんがんばれ」「けーちゃん天才」と、玲那が戻ってくるまで真咲が圭介にささやいた。

応援された圭介は、戻ってきた玲那を圧倒した。

中間テスト初日。朝のホームルームまえにスマホの電源オフを確かめようとした圭介は、真咲からメッセージが届いているのを見つけた。

《圭介は天才》《圭介ならクラストップまちがいなし！》《いや学年トップ。マジ神》

真咲を振り向けば素知らぬ顔をしている。

圭介は電源を切るまえに、大急ぎでメッセージを送った。

《真咲は超天才》《中間テスト、真咲なら百点連発》《真咲の努力は俺が知っている》

何食わぬ顔でスマホを取り出した真咲が、いきなり真っ赤になって爆発した。

半分泣き出しそうな顔になりながらこちらを向く。

圭介は素知らぬ顔でスマホをしまった。

応援には応援を。

中間テスト、スタートである。

第十五章 ・ わかってないなんて言ったら、ぶっ飛ばすよ？

「圭介(けいすけ)たちは今日、どうしたい？」

「俺は――適当に店見て、飯食うくらいだろ？　女子たちは？」

「あ、あたしクレーンゲームやりたいっ」

「カラオケも行きたい。あたし、まだこっち来て行ってないから」

博紀、圭介、玲那、真咲の四人でショッピングモールに来ていた。

中間テストが終わり、その返却も終わった日曜日である。

「いやー。中間が終わったら気が楽になるね」と博紀。

「博紀のは『終わった』じゃなくて、『オワタ／(^o^)＼』の間違いなんじゃないの」

と玲那がつっこむ。

「相変わらずひでえな、玲那。おまえだって『オワタ／(^o^)＼』だろ」

「今回はちょっとだけよかったんですぅ。真咲ちゃんのおかげ。マジ感謝」

「玲那ががんばったからだよ」

ちなみに、圭介と真咲は互いに自分のこれまでの最高得点を余裕でたたき出していた。

一日のはじめの応援メッセージだけでなく、休み時間のたびに《圭介なら次も圧勝》《真咲の得意科目。目にもの見せてくれ》などと応援と激励のメッセージを送り合っての偉業だった。

ショッピングモールに入って少しすると、博紀がお手洗いに入っていった。ちょっとあたしも、と真咲がそそくさとお手洗いに消える。

圭介と玲那。微妙な組み合わせが残ってしまった。

特に話すこともないだろうし、黙って立ってても互いにばつが悪いだろうし、スマホでもいじっていようか。

そう思ったときだった。

玲那が圭介の横に立った。

「あたしさ、あたしなりに真咲ちゃんの友達になりたいなーって思ってるんだけどさ」

「うん？」

玲那が、くやしさとも羨望ともつかない表情になる。

「やっぱ幼なじみの圭介には勝てっこないよね」

その瞬間、圭介は理屈抜きに了解した。

玲那はいい奴なのだ、と。

口が悪いところもあるけれども、それは玲那の陽キャっぽさというかギャルっぽさみたいなもので、本質ではバスケができて明るくて友達思いのいい奴なのだ。

若干、重めの真咲ラブ勢ではあるが……。

圭介は咳払いして言った。

「木下には感謝してる」

「そなの？」

「真咲が転校してきてからすぐに友達になってくれて、すごくよかったと思っている。サンキューな」

「どういたしまして。――あ、向こうに茶道部の楓子がいる」

「ほんとだ」

相変わらず赤毛のアンみたいな格好の楓子。こちらに気づいたのか、小さく頭を下げてあちらへ行ってしまった。

どこかのお父さんが子供をせき立ててトイレに急がせている。

化粧直しをしてきた彼女と合流した男性が笑顔で向こうへ歩いていった。

「ねえ、圭介。あんたから見て、真咲ちゃんのいいところって、どこ？」

圭介はちょっと上のほうを見る。

「明るくて、元気で、でもおっちょこちょいで。自分をしっかり持ってて、でも周りの人のことをよく見てて――」

「そうそう」玲那の声が弾んだ。「あたしとか他の子とかがちょっと落ち込んでると、さりげなくお菓子とかくれて。そのまま黙ってるときもあるし、『どしたの』って話聞いてくれるときもあるし」

「あいつ、そういうところ、外さないんだよな」

「そういうところ？」

「他人が悲しいとき、苦しいときに、どうしてほしいか」

「わかる」

その人の性格や悩みの内容によっては黙っていてほしいときもあれば、話を聞いてほしいときもある。同じ人でも「黙ってそばにいてくれればそれがうれしい」とか、「いまは誰かになぐさめてほしい」とか、気持ちの変化はある。

真咲はそういう人の気持ちに敏感なのだ。

「そんな真咲だけど、じゃあ真咲自身の気持ちには誰が寄り添えるんだろうって」

圭介は視線を落とした。


小さい頃に父親を亡くし、母ひとり娘ひとり。

母親に心配をかけたくなくて部活らしい部活もやらず、成績を保つ努力を怠らなかった。

いつも明るく元気に振る舞う真咲だが、境遇だけみればなかなかハードモードだと思う。

圭介自身も似たようなものだから、そう感じているだけかもしれないが。

圭介は中学時代の黒歴史があったこともあり、自分でもひねくれた陰キャになったと思っているが、ひとり親でひとりっ子というのはそれだけで十分厳しい環境だ。

そのなかで、真咲はかくも美しく成長した。

まるで砂漠のオアシスのようであり、泥沼の蓮の花のようであり、誰もむげにしてはいけない存在だと思っていた。


玲那の声が降ってくる。

「圭介の言っていること、あたしもわかる。なんか、真咲ちゃんのほうがいろいろ上なんだけど、放っておけないんだよね」

「すっげぇわかる」

と圭介は満面に笑みを浮かべる。

「…………」不意に玲那が押し黙った。

「どうした?」何か言いすぎただろうか。

しかし、玲那は首を横に振った。

「なんかさ、あたし、あんたのこといままでただの陰キャだと思ってたんだけど」

「その通りなんだけど、ひでえこと言ってる自覚、ある?」

「でも真咲ちゃんのためなら、こんなにもしゃべったり笑ったりするんだね」

「そりゃぁ——そうだろ」

「いまでも陰キャだとは思っているけど」

「へいへい」

それにしても、博紀も真咲も遅いな……。

「ねえ。圭介と真咲ちゃんは昔は幼なじみで、いまは義理の兄妹になるんだけどさ」と玲那がにやりとした。「ひとりの女の子として好きになっちゃってるでしょ?」

圭介はいつもの顔つきに戻った。

「俺たちはいま高校二年。もう公園で遊んでいた俺たちじゃない。だからいまの真咲に必要な友達はきっと幼なじみで親友の俺よりも、同性の友達の玲那みたいな存在なんじゃないかな」

「………………」

「あと男友達としての俺よりも〝兄〟としての俺なんだろうと思う」

例の、多少のとげを含んだ「兄」「妹」へのこだわりは、真咲の意固地とだけ片付けられないような気がしているのだ。

真咲も俺も、小さい頃にもう少し誰かに甘えたかったのだと思う。

「兄妹の関係を優先するなら、ふたりがいちゃいちゃしたらちょっと背徳の香り?」

「やっぱおまえ、とんでもないこと言うよな」

薄々思っていることだ。

だから、ショッピングモールで逃げ回ったのだ。

いや、根本的に俺がそばにいること自体がいいのか、悪いのか……。

俺は義兄妹の関係に浸っている。ぬるま湯につかるように。

「本当は真咲がいちばんほしかったのは父親かもしれないけど、もうさすがに親の庇護だけを求める年じゃない。だから、兄。自分を庇護し、翼を休めさせてくれる人が必要なんだろうと——」

「おい」と玲那にはたかれた。

「いてっ。なにすんだよ」

「肝心なところでズレてるのよね。照れてごまかそうったってダメ」

「なにが」

「兄は兄でも、真咲ちゃんはあんただから頼ってんの」

「………」

「それ、わかってないなんて言ったら、ぶっ飛ばすよ?」

「もう頭をはたかれてる」

玲那が怒ったように続ける。

「父親とか兄とか友達とか、そういうのぜんぶ合わせて、しかもそういうのぜんぶよりもおっきなのを、彼氏って言うんじゃないの？」

「はぁ……」と圭介はため息とともに額をかくだけだった。

「自信、持てよ。そっちの関係を重視しろよ」

「……そんなことがかんたんにできたら、陰キャなんてやってねぇよ」

玲那の顔に「メンドクセエ」と書いてあるようだった。

「真咲ちゃんのこと、大切なんでしょ？」

「そりゃ、幼なじみとして――」

「違う」玲那は逃がしてくれなかった。「真咲ちゃんが他の男と付き合うのを想像したら、どう思うのさ」

「…………」

圭介は言葉を失った。

無言の圭介を睨むようにしていた玲那のほうが、ため息をついた。

「自分の気持ち、ちゃんとわかってんじゃん」

「だそうだ。たまにはあの〝バスケばか〟もいい仕事するな」
そう言ったのは博紀だった。言わずもがなだが〝バスケばか〟とは玲那である。

博紀と真咲はお手洗いを出たところではち合わせし、一緒に戻ろうとしたのだが、圭介と玲那が興味深い話をしている様子なので物陰からこっそり聞いているうちに、すっかり最後まで聞いてしまったのである。

「あう、あう」

耳まで熱い。また熱が出たかもしれない。

「真咲ちゃん、アシカになったか」

そのときだった。「それにしても遅い」と様子を見に来た玲那が、物陰にいた真咲たちを見つけたのだ。

「あ」

「あ」

真咲の表情を見た玲那が、悪い笑顔になった。

「おやぁ？　もしかしてこれは、盗み聞きしてたのかなぁ？」

「してませんっ」

玲那は自分よりはるかに背が高い真咲と腕を組むと、その耳にささやきかけた。

「嘘つきは閻魔さまに舌を抜かれちゃうんだよぉ？」

「ひいいぃ」

「それで、ほんとのところは？」

「ぜ、ぜんぶ聞いていました……」

「うん。素直でよろしい」玲那が少し申し訳なさそうな表情になった。「もしかして、あたし、おせっかいだったかな？」

「そんなことないけど」と言って真咲は顔も耳も胸元までも熱くなった。「あたしもこういうのって初めてだから、相談？　とかって誰にどうしたらいいかもわからなかったし」

　玲那があっさり告げる。

「だったらもう、攻めないと」

「え？」

「これからカラオケとかごはんとかで、思い切り攻めてあの唐変木のズレズレに『俺はもう、真咲なしではいられない身体（からだ）になってしまったんだ』って言わせないと」

　博紀が「おい、それちょっと違うんじゃねえか」と忠告するが、「外野は黙ってろ」とすねを蹴って沈黙させる。

　真咲は玲那の口車に乗ってしまった。

「どうすればいいの……？」

　その口車がただの暴走列車だとも知らずに。

　ショッピングモールをぐるりと回って適当に買い物をし、フードコートで好きなものを食べ、四人はカラオケに向かった。

　これまでのところ、真咲にめぼしい戦果はない。

　当たり前だ。いままで一つ屋根の下に住んでいて、いろいろすれすれなところはあったのに進展しなかった関係が、フードコートで大発展を遂げるわけがない。むしろ、遂げたらおかしい。

　しかし、カラオケである。適度に薄暗いのである。歌って騒いで解放感があるのに密室なのだ。いけるかもしれない。

　玲那が親指を立てている。うん。いけそうだ。そばで博紀が妙な顔をしているが見なかったことにしよう。

　部屋に入るや、真咲は圭介とふたりでソファに座った。いい感じだ。

　けれども、圭介のほうがなぜかそっぽを向いて微妙に間を開けた。

　真咲が気持ち、詰める。

　圭介が逃げる。

　結果、圭介はソファのひじ掛けに押しつけられていた。

　何とか目標は確保したと真咲は自分に言い聞かせる。

　ところが、ここで生来の性格が出た。

「みんな、なにか注文する？」

真咲が、他の三人の注文やら曲の入力やらに気を使い始める。

「真咲ちゃん」と玲那が残念な生き物を見る目を向けた。

「いいんだよ。真咲ちゃんは真咲ちゃんだ」と博紀。

「うん？　どうした？」と圭介が心配げにするが、「なんでもない」と押し切った。

初めてカラオケに一緒に来たのだが、玲那と博紀は歌がうまい。

「博紀と木下って、歌うまいんだな」

と圭介が感心している。

ちょっと怯んだ。

真咲、下手ではないが、カラオケで高得点を取れる自信はない。

「ささ、真咲ちゃんも曲入れて」と玲那がけしかけた。

「うー。どれがいいかな」

「これは？」

「ばりばりのラブソングじゃん」

告白と変わらない。恥ずかしぬなので却下。

「じゃあ、こっちは？」

「定番の演歌やん」

女の情念の塊みたいな曲だ。エグいので却下。

幼児向けアニソンにしようとしたら、玲那に「逃げるな」と却下された。

結局、流行の女性シンガーの激しめの曲を歌った。

「いいじゃん。うまい」と注文したフライドポテトを食べながら、圭介が褒めてくれた。

「大丈夫だった？」

と確認すると、圭介は少し怒ったように視線をそらして、

「ぜんぜんうまいよ」

「――よかった」

ほっとした。

そうしたら圭介がそっぽを向いたまま繰り返した。「うん。すごくよかった」

ぷしゅー……。

他の人がどう思っているかは別として。

――どうして圭介はこんなにかっこいいの？

うしろに薔薇とか背負ってるんじゃないの？

真咲はノックアウトされそうだった。

「どうした？」と圭介。

「なんでもない」

博紀が目を閉じて尾○豊を歌い始めた。

玲那は目配せしたあと、次の曲を選ぶためにタッチパネルにかかりきりになる。

いい感じにそれぞれがバラバラになり始めた。

……真咲は、突如、圭介のひざのうえに頭をのせたのだ。

圭介がさすがに恥ずかしそうにしている。

「お、おい」

「いいじゃん。歌ったら疲れた」

男の子の膝枕っていうのも、ありかも。

博紀と玲那の目を盗んで、真咲は暴走し始めた。気づいているかもしれないけど。

その後も、一曲歌うたびに真咲は自分が膝枕をしたり、「圭介、疲れたでしょ」と自分に膝枕させたり、大暴れした。

一応、博紀と玲那にバレないようにしている。たぶんバレていない。大丈夫。

カラオケが終わって真咲はわれに返り、死にたいと思った……。


ところで圭介だが、カラオケでは一曲も歌わなかった。

うまく博紀や真咲のほうにリクエストが向かうように仕向け、自分は誰かの歌にマイクなしで口ずさむ程度ですませていたのである。

「圭介ってカラオケ苦手だったりする？」

と真咲が質問すると、「苦手に決まってる」という答えが返ってきた。

「そうだったんだ。ごめん。カラオケ行きたいなんて言っちゃって」

「そんなことないよ。雰囲気は好きだし。マイクを持つ自信はないけど、誰かが歌っているのをマイクなしで歌うのは好きだし。それに」

「それに？」

「真咲が楽しんでるのを見れれば、俺はうれしいんだ」

いつもの圭介らしくない台詞（せりふ）のように思えて、真咲は彼を凝視した。圭介も同じように思ったのか、「いまのはなし」とか言っている。

もしかしたら、玲那の〝おせっかい〟のおかげだろうか。


ああ、もう……。

圭介ってなんなの。

あたしにこんなにやさしくしてくれて。

好きになるな、ってほうが無理じゃん。

その日、真咲がシャワーに行こうとすると、先にすませた圭介が脱衣所から出てくるところだった。

圭介が鼻歌を歌っていた。目が合うと、圭介は真っ赤になった。

「いまの、聞こえた？」

「な、なんのことかな？」真咲はしらを切った。

「真咲はなにも聞かなかった。いいね？」

「…………」

「いいね？」

「はいはい」

そんな圭介がかわいらしく思えてしまう。

でも――自分だけが知っている圭介の秘密なら、ちょっといい感じだと思う。

圭介、きっとその歌が好きなんだろうな。勉強のときにもよく聞いているみたいだし。

真咲はシャワーを浴びながら、先ほどの圭介の鼻歌を思い出し、自分でも鼻歌を歌ってみた。ちょっと幸せだった。


……その夜、本日の反省会を兼ねて玲那とメッセージのやりとりをしていたら、《のろけばかり言っていないでマジで告ったら?》と正論を突きつけられた真咲は、《ぐはっ(吐血)》と返すしかなかったのだった。

第十六章 ＊ お父さんの目を見て言いなさい

中間テスト明けのロングホームルームでは、ぼちぼち文化祭の出し物を決定しなければいけないのが西国分寺高校のスケジュールだった。

各自が考える時間ということで、クラス内は騒々しい。

「ねえねえ。圭介。劇やろうよ。主人公を圭介で」

と真咲が圭介に持ちかけてきた。

「それならヒロインは真咲ちゃんでやろうか」

などと無責任に言っているのは博紀だった。

「あ、ヤバい。それいい。マジいい」と真咲は手放しで喜んでいる。

「だろ？」

とうとう圭介がつっこんだ。

「却下」

「えー」と真咲が頬を膨らませる。「岡田准一だって一七〇センチないけど、主役やってめちゃくちゃかっこいいじゃん」

圭介が目つきを変えた。

「あのな、たしかに岡田准一さんは一六九センチということで、俺たち一六〇センチ台の男たちと同じ世界の方だ。しかし、たった一センチだ。そのうえ、あの方は身長の問題を帳消しにしてあまりあるすばらしい武術の使い手でもある」

「たしかに。アクション映」

「ところが、そのような強さをひけらかすことなく、ひらかたパークを応援するために、自身の出演映画のパロディなどで毎回みんなを笑わせて、しかも心を熱くするポスターを作成している。もはや、ひらかたパークにおいて岡田准一さんはフリー素材扱いだ」

「ネットでそのポスター見たこ」

「さらに格闘技だけではなく、十五歳くらいから始めた趣味のカメラは個展を開くほどの腕前。さらにさらにピアノも弾くことができる。戦えて笑わせて楽器までできるなんて理想の男すぎないか?」

「……もしかして、岡田准一のこと大好き?」

「岡田准一〝さん〟と呼べ。いずれにしても、俺は劇なんてやらない」

博紀は「まあ、そうなるな」と肩をすくめたが、真咲は次の案を提示した。

「いいこと思いついた」

「あからさまなフラグじゃね?」

「マジでいいことなんだって。抹茶ラテ屋さんやろうよ」

「抹茶ラテ？」

嫌いではないが……。

「ほら、あたし茶道部っしょ？　提携して本格抹茶ラテをやるの。大人気間違いなし」

圭介はにっこり笑った。「却下」

真咲は髪をかき上げながら、「どうしてすぐに却下って言うの？　そういうの、よくないと思う」

「そうかな」

「こういう意見って一度受け止めてちゃんと聞いてあげないと、新しい提案が出なくなってくるよ？」

圭介は、たぶん他の女子なら恐怖するような危険な表情の目線をずらした。

どうにも先日の玲那とのやりとりが頭に引っかかっている。


自分はどうやら真咲が好きらしい。

でも、親の再婚まで、自分は「まーちゃん」を男だと思っていた。

それが女だとわかって、まだ数カ月もたっていない。

こんなに早くかんたんに人を好きになっていいのか。

また中学生のときの二の舞をしようとしているだけではないのか。

「あ、ごめん。けーちゃんとそんなふうにまでは思えないし」

　と真咲から蔑んだ薄笑いで言われたら……。


「うーん。でもなあ」と博紀が口を挟んだ。「前提条件が違うんだよな」

「前提条件？」

「茶道部は茶道部で朝からずっとお点前やってるだろ？」

「マジ？」

「マジ」

「ってことはあたしと圭介は」

「たぶん離れればなれかなぁ」

　残酷すぎる現実を突きつけられて、真咲が灰と化した。

「嘘だよ」と玲那が博紀の後頭部をはたく。

「痛ッ」という声を無視して、玲那は続ける。

「どの部活の子も自分のクラスと掛け持ち。茶道部だって他の部員と交代でお点前をするに決まってるでしょ」

「ああ……そうだよねっ」

　真咲は満面に笑みを浮かべた。

　そのまっすぐな笑顔を、圭介はどう受け止めていいかわからない……。

　部長の楓子に確認を取ると、「クラスのタイムテーブルがわかったら、わたしに教えて。お点前とぶつからないように調整するから」と快く応じてくれた。

　ありがとうございます、と真咲が安心したような笑顔でお礼を言うと、「こんなかわいい笑顔見せられたら、いくらでも調整しちゃう」と楓子が真咲の頭をなでる。

「掛け持ちだからって半端な参加はしないつもりなので。がんばります」

「うーん。真咲ちゃん、いい子」

　どさくさ紛れのように楓子が真咲をハグした。他の茶道部員から「部長だけずるい」「職権乱用だ」との声が上がり、しばらく真咲はハグ攻めに遭うことになる……。


　真咲が抹茶ラテと言っていたからでもないだろうが、クラスの出し物はカフェになった。

とはいえ、カフェと言ってもいろいろなカフェがある。

　古式ゆかしい純喫茶から、チェーン店ふうのカフェ、あるいはなにかしらのコンセプトのある、いわゆるコンカフェなど、いろいろある。なかには明治大正の衣裳で出迎える和風カフェなんてところもあるらしい。

　どのようなカフェがいいか、来週のロングホームルームで話し合うことになった。

その日の放課後、圭介が部活動の声に背を向けていつもどおりの帰路につこうとしたときである。

《カフェに行こう》

真咲からそれだけが送られてきた。

《下駄箱(げたばこ)にいる》と返信すると、すぐに真咲がやってきた。

「圭介。カフェ行こう」

「それはもう聞いた。どうして急にそんなにやる気に?」

「玲那たちも何人かでおもしろそうなカフェに行くんだって」

「へえ」と圭介がローファーに履き替えながら、「玲那たちと一緒に行けばいいのに」

「ばかぁ!」

いきなり怒られた。

「どうしてさ」

先日のカラオケのあとから、木下のことをなんとなくみんなに合わせて「玲那」呼びにしていたのがやはりダメだったのかと思った。

ところが。怒ったほうの真咲が顔を赤くして、鼻の頭をかいている。

「なんていうか、そう、玲那たちとだったら女子だけの意見しか出てこないでしょ? 圭介と行けば男子的な意見もわかるし、男女で来たお客さんの気持ちもわかるかな、って」

「なるほど。そういうことなら少しカフェを回ってみるか」

制服のままではマズいだろうということで、家に戻り、ふたりとも着替えた。

一軒目は、駅の近くのカフェチェーン店だった。

「ここのコーヒー好き」と真咲がブラックをすする。

「一杯ずつサイフォンで入れてるからおいしいよね。でも、文化祭でそれだけサイフォンを準備するのは」

「厳しいよね」

「サイフォン提供のところだと椿屋さんも好きだけど、同じ理由で厳しいよね」

「椿屋さんっていえば、クラシカルなメイド衣裳がいいよね」

圭介は心のなかで真咲がそのようなメイド衣裳を身につけたところを想像してみた。背が高くて足が長い真咲にロングスカートのメイド衣裳。

とんでもない人気になりそうだった。

「……ちょっとマズいかな」

「え？　メイド衣裳嫌いなの？」

二軒目は、いわゆる昔ながらの純喫茶だ。

椅子の赤いクッション部分の反発力がすごい。

小腹がすいたので、ふたりでひとつ、ナポリタンを頼んだ。

「喫茶店のナポリタンっていうだけですごくおいしそうだよね」

「圭介もそう思う？　あたしも同意見」

取り皿をひとつもらってシェアする。

「おいしい」

「鬼うま」

「家で作るのとなにが違うんだろうね」

「ウインナーに玉ねぎ、ピーマン。粉チーズも市販のものなんだろうけどね」

常連とおぼしきお年寄りが、マスターと話をしながら新聞を読んでいる。

「この店でスマホって似合わないね」

「それ。なんか時間の流れが違う感じが気持ちいいよね」

三軒目はカフェというよりパンケーキ屋さんに近かった。

「流行というか、もう定番だよね」

「圭介はこういうお店は？」

「初めて」

周りを見ると男は圭介しかいない。いたたまれない。

「デート感があっていいかも」

「ところでさっきナポリタンを食べたのに、パンケーキ？」

「ナポリタンは半分こだったでしょ？　それにデザートは別腹」

「――ということは、甘い物としょっぱいものと両方出したほうがいいのかな」

「え？　なんの話？」

「文化祭の出店。真咲、今日の趣旨は覚えてる？」

真咲は目をそらした。

「覚えてるに決まってるじゃん」

「お父さんの目を見て言いなさい」


四軒目（！）として、スタバに行ったときには日が暮れていた。

相変わらず混んでいる。

「スタバ、いつもいっぱいだよね。ヤバいよね」

さすがにコーヒーや紅茶には飽きたのか、真咲は抹茶ラテを頼んでいた。

圭介（けいすけ）は本日のコーヒーを飲んでいる。

「シアトルにスタバができるまでは、カフェというか喫茶店というのは器とか座席とか、そういうので豪華さを競ってたんでしょ？　それに対して、安い紙カップだけど、コーヒーの味で勝負したのがスタバ。価格は五ドル」

「いまだと七〇〇円くらい？」

「スタバができたときの為替レートだと、日本円でコーヒー一杯一五〇〇円くらい」

「マジ!?」

　真咲が大きな声を出した。

「マジ。一杯一五〇〇円でコーヒーでもお茶でも売れって言われたら、どうする？」

「あたし、無理。ホテル並じゃん」

「でも、それをやったんだよね。コーヒー自体のおいしさを武器に」

「スタバってヤバいね。それとそんなこと知ってる圭介はもっとヤバい」

「将来のためにいろいろ勉強してるうちにさっきのスタバの話が出てきてさ。それでスタバが好きになった」

　陰キャなので滅多に行かないが。

「へー。ちょっと意外」と真咲。圭介の陰キャ性への発言だろうか……。そう思ったらそのあとに意外な台詞（せりふ）がついてきた。「圭介ってなんか純喫茶で静かにコーヒー飲んでるほうがかっこいい感じするし」

　ちょっとどきっとする。ダメだ。こういうのは軽くとらえないと。

「スタバに行ってもあんまりコーヒーは飲まない」

「なんで？」

「岡田准一さんがスタバで〝岡田カスタム〟というチャイを頼まれるそうでな」

「また岡田准一さんかい」

ちなみに、チャイティーラテにエスプレッソショットを追加してできるダーティチャイの、オールミルクを豆乳に変更すると岡田カスタムになる（ネット情報）。お試しあれ。

そのあいだにも大勢のお客さんがやってくる。

「あたし、圭介みたいに難しいことわかんないけど。スタバって、スタバにしかない空間があるよね。なんかゆっくりしたくなる」

「真咲のそれ、いいかも。ただのカフェじゃなくて、ゆっくりしたくなる空間のカフェ」

真咲がうれしそうにして抹茶ラテを飲んだ。


そんな下見の甲斐（かい）もあってか、文化祭の準備は少しずつ固まっていった。

方向性は王道のカフェ。

飲み物はコーヒーと紅茶と炭酸。

食べ物はクッキーにハムサンド。

衣裳は男女ともギャルソンの格好をする。

サイズチェックも兼ねて、背が高くがっしりした男代表で博紀、背が低めで細めの男代表で圭介がギャルソンの格好をすることになった。

ギャルソンの衣裳と言っても、シャツは制服の長袖ワイシャツを代用する。そこにクロスタイをして黒のスラックスの上に茶色のロングエプロンを身につけるだけだった。

「おお。雰囲気あるじゃん」と玲那が圭介たちの姿を見て評価する。「真咲ちゃん、どう思う……って、聞くまでもないか」

真咲はにやにやしながら圭介の写真をスマホに収め続けていた。

ついで、ということで女子の衣裳も試してみる。

まずは、男子と同じギャルソンふう。

モデルは、本職でもある真咲。

長い黒髪は後ろでひとつに束ね、あとは圭介たちと同じ格好をした。

「いらっしゃいませ」と真咲が低めの声で流し目をしたら、玲那を中心に悲鳴が上がった。

圭介も「ヤバいな」と思って見ている。

ただ、女子の上半身が白いワイシャツだと気になる人もいるだろうと、襟付き胸当てエプロンもあった。そちらの真咲もよかったが、夏服になって普段から白シャツの真咲らしさから言えば、男子と同じ格好のほうが凜々しかった。

だいたいこんなものかとみんなが把握した頃に、玲那が小さく手をあげた。

「実はクラシカルだけどメイド服も用意してみたの」

今度も真咲がモデルになった。

例の椿屋のメイド服に近い、エプロンドレスとロングスカートの衣裳だった。

「おかえりなさいませ、ご主人さま」

真咲が楚々とした笑顔で礼をして見せた。

男女を問わず、クラス中からどよめきが起こる。

玲那が深刻な顔をしていた。

「あたしが真咲ちゃんに着せてみたくて用意したんだけど、これは……」

「これは？」と圭介が促すと、玲那が真剣な顔で言った。

「ミニスカメイド服と同等以上の破壊力があってヤバいわ」

「たしかにヤバいな」

玲那は真咲を手招きすると、ごにょごにょと耳元にささやきかけた。

おっけー、と軽く答えた真咲の表情がシリアスなものになる。

玲那がスマホを構えた。

真咲はまるでドラマのワンシーンのように、玲那に向けて言う。

「あたしが昔からご主人さまのことを好きだったって言ったら……重いですか？」

「はい、いただきましたー」と玲那の目がらんらんとしている。「わが心のオアシス、マンガ『暴君侯爵の溺愛メイド』のワンシーン、ありがとうございましたー！」

「玲那、なにやってるの？」

と圭介は怪訝な顔をする。さあ、と真咲も肩をすくめている。

玲那と同好の女子数人が動画を何度も再生させては、きゃーきゃー言っていた。

顔をしかめたものの、玲那の根性が圭介にはうらやましい。

先ほどのギャルソン姿といい、いまのメイド姿といい、本当なら写真に撮ってあげたほうがいいのだろうが、圭介にはその勇気がなく……。

その日の夜、真咲の写真や動画をがっつり撮ってくれていた玲那が、真咲のスマホだけでなく、圭介のスマホにもそれらを転送してきた。

「……かわいいじゃねえか」

圭介は真咲の写真と動画をお気に入りにしたついでに、玲那が真咲に似ていると騒いでいた『暴君侯爵の溺愛メイド』をチェックしてみる。

結果、圭介もドはまりして徹夜で読みふけってしまった。

第十七章・一緒に星を見たかったんだ

期末テストはいつも、中間テストのあと、すぐにやってくる。

文化祭の準備をあれこれ考えているあいだに試験である。人生でもっともよく食べよく動く年頃の男女を退屈させないためにはどうしたらいいか、考えに考えて作られたカリキュラムなのだと思う。

そんな期末テストを、中間テストと同じく「互いに褒め合う」作戦で圭介と真咲は難なく乗り切ってしまった。

期末が終わればもうすぐ夏休み。

夏休みの予定は少しまえから夕食の話題にもなってきていた。

「圭介。夏休みってどうしてたの？」

と真咲がわくわくと尋ねてきた。

「宿題やってあとはエアコン効いた部屋で本読んで寝てた」

圭介があっさり一行で答えると、真咲が固まる。

「マジ？」

「マジ」

涼しい部屋で好きな本を読んだりスマホいじったりするだけでいいじゃないか。

「どこにも行かないの？」

「あー……。親父（おやじ）の車でふたりで日帰り旅行には行くかな」

ゴールデンウィークと違って、夏休みは長いから。

「何それ。楽しそう」

そういうわけで、今年は四人になった家族全員で、どこかにドライブに行くことがほぼほぼ決まった。真咲はそれだけでは元気があまりそうなので、博紀や玲那と一緒にまた四人でどこかに行くか……。

期末テストが終わった日の夜、真咲が圭介の部屋に訪ねてきた。

「圭介、いまいい？」

「いいよー」

入ってきた真咲は正座して深刻そうな顔をしていた。

「いま悩んでるんだけど」

「どうした？」

圭介はまえのめりになった。自分が知らないところで、真咲が友人関係とかで苦しんでいたのだろうか。

しかし、真咲はこう言った。

「水着、買うべきなのかな」

「……はい？」

真咲は真剣だった。

「だからさ、新しい水着って買ったほうがいいのかな」

「待て待て。まず水着はどういう発想で出てきた？」

「友達みんなでお出かけするときに、海とか川とかプールとか行くのかなーって」

「それは……玲那たち次第だから俺にはなんとも」

「けど、それからじゃいい水着ってなくなっちゃわない？」

「そうなの？」水着なんてそんなに悩んだことない。

「だから、圭介に相談にのってほしくて」

「水着を買うべきかどうか？」

「正確にはちょっと違う」

と言って真咲は立ち上がり、やおらTシャツを脱ぎ始めた。

「ちょ、ちょょーッ」圭介が叫ぶ。真咲はTシャツを脱ぎ捨てる。「あ、あれ？」

突然の下着姿かと焦ったのだが、今日は違っていた。

「元々持ってた水着。部屋で着てきたんだ〜」

と言いながら真咲は短パンも脱ぐ。

下着姿ではない。下着姿ではないのだが下着姿のほうがまだ若干布地が多いかもしれないという紺色のビキニ姿がそこにあった。

身体中(からだじゅう)の柔らかなラインがおとなびて見えるし、豊かな胸がこぼれ落ちそうだし。

「どうして水着なんだよ」

はっきり言って目のやり場に困る。

「圭介に見てもらって、流行遅れだって言われたら新しいの買おうかなって」

「流行なんてわかりません……」

「見て見てー」と真咲が目の前でかわいらしく立ち姿を決める。

さらに髪に手をあててみたり、少し腰をひねってみたり、次々にポーズをとってみせた。

モデルをやっただけある。めちゃくちゃさまになっている。

もはやグラビアアイドルを超えていた。

圭介は自分に活を入れる。

「兄は妹で変な想像はしない！」

「想像もなにも、実物が目の前にいるんだけどね」と真咲はピースした。「圭介なら特別にただで写真撮り放題」

おまけで真咲がウインクをし、圭介は打ちのめされた。

結論。水着は買うべきである。

もう少し布地の多い水着で露出を控えてください。


期末テストが返ってきた次の日曜日、真咲は圭介に言われたとおり〝おとなしい水着〟を買いに出かけることにした。

もちろん圭介も一緒である。

〝もちろん〟と言ったものの、なぜもちろんなのか、圭介にはいまいちわかっていない。とにかく、圭介は真咲の水着購入に付き合った。中身は見てのお楽しみと言われているのでよく知らない。部屋で見せた紺のビキニよりはおとなしいと真咲が言っているので、圭介としてはそれを信じるばかりである。

「圭介。見て」と真咲がポスターを指さした。「プラネタリウムやってるんだって」

「ほう」

突如として真咲がぶりっこな仕草をした。

「ねえ、圭介。あたしぃ、期末テストすごくがんばったよ?」

「プラネタリウムに行きたいんだな」

「いいの?」

「俺も好きだし」

「やったぁ。マジあがる！」

プラネタリウムは寝転がって鑑賞する形だった。真咲がどこの誰とも知らない人たちのあいだで寝っ転がるのはどうしたものかと思っていたら、ちょうどカップルシートがあった。カップルかどうかはさておき、これなら真咲が寝っ転がっても安心だ。

固めのシートに仰向けになってしばらくしていると館内が暗くなり、アナウンスとともにプラネタリウムが始まった。

宵の明星が西の空に輝いている。

やがて、いまの季節の天体が空に輝き出す。

さそり座のアンタレスが赤く光り、スピカ・デネボラ・アークトゥルスの春の大三角とベガ・アルタイル・デネブの夏の大三角が見えてくる。

「きれい」真咲の声がした。

天の川が空を白く流れていく。まさにミルキー・ウェイだ。

「すごいね」と圭介が答えると、真咲が手をつないできた。

圭介はその手を振りほどくことなど、できないでいる。

星々が増えていく。

東京では見られない遠くの星々も鮮明に天球に映し出されていた。

真っ暗な宇宙に放り出されて、ただ感じるのは真咲の手の温もりだけ。

　星空に吸い込まれてしまったような浮遊感のなか、真咲の声がした。

「あたしね、かっぱ公園で毎日けーちゃんと遊ぶの、とっても楽しみだったんだ」

「俺もだよ」

「けど、夜遅くまでは遊べなくって。家の窓から月とか星とか見たときに、『けーちゃんもみてるかなー』とか考えてて」

「そっか」

「大きくなって遅い時間まで遊べるようになったら、一緒に星を見たかったんだ」

「ああ……。それでだったのか。今日、ここに連れてきたのは」

　真咲が小さく笑って続けた。

「へへ。パパがあんなことになって違う町で暮らすようになって。あたし、けーちゃんがいないかなっていつも背伸びして周りを見てた。ばかだよね。いるわけないのに」

「……うん」

　圭介には幼い日の真咲のいじらしさがたまらなかった。

　思わず星空から真咲に振り返る。

　シートはまっくらで真咲がどんな顔をしているのかわからない。

　真咲の声だけが、圭介に届く。

「――けーちゃんに会いたかった」

圭介は真咲の手をしっかりにぎりしめた。

天球の星々が流れていく。

それは「また明日ね」の約束から、両親が再婚して圭介と真咲が再会するまでの時の流れのようだった。

ああ、星の生命から見れば、ほんの一瞬なのに。

自分たちは出会って、別れて、また巡り会う。

星が天を回るように、自分たちも惹かれ合い、手を取り合うんだ。

「いつかほんとにこんな星空を見に行きたいね」

真咲の声がいつもの明るさに戻っている。

「いまはもう夜中だって一緒にいられるからな」

昔々の幼なじみは、実はこんなにきれいな女の子でした。

まるでかぐや姫みたいだ。

圭介はちょっとためらって、やはり真咲の手をしっかりにぎりなおした。

かぐや姫みたいに、遠くへは行かせないために。

プラネタリウムから出て、圭介がお手洗いへ行ったときだった。

「真咲ちゃん」と声がした。振り向くと、メガネ姿の女子がいた。楓子だった。

「あ。部長」

楓子が苦笑した。「まえも言ったけど、学校じゃないんだから部長は恥ずかしいって」

「あ。じゃあ、楓子ちゃん。プラネタリウムに来てたの？」

圭介と一緒にプラネタリウムに来ているのがばれたかな、と内心焦った。

「ううん。人を捜してたの」

「あ、そうなんだ。見つかった？」

「今日は——玲那ちゃんと、おっきい野球部の人は？」

「一緒じゃないよ」ふたりのどちらかに用があったのだろうか。

すると、楓子がこんなことを言った。

「うん。知ってる。——真咲ちゃん、今日もあの霧島圭介と一緒だったんだよね」

「え？」真咲の動きが止まる。

楓子が真咲の目を見つめていた。顔は笑っているのに、目は笑っていない。

「真咲ちゃんって……堀田真咲ちゃんだよね？」

真咲は驚いた。堀田。ママが再婚するまでの旧姓だ。

「え。あ。そうですけど」思わず敬語になる。「昔、どこかで……？」

「『キュート』の読モ、してたよね？　堀田真咲の名前で」

真咲は背筋に鳥肌が立った、読モは「堀田真咲」の名前でやっている。けれども、いまの学校では、モデル名も掲載雑誌も口にしたことはない。

「あ。あはは。よく知ってたね」

「へへ。実はわたし、堀田真咲ちゃんをずっとチェックしてたの。転校してきたときにすぐわかった」

「ありがとうございます」

楓子がじっと真咲を見つめながら、一歩近づいた。

「真咲ちゃん。実物のほうが百万倍きれいでびっくりした」

「あ、ありがとう。じゃあ、今日はこれで……」

と場所を変えようとしたが、楓子が回り込んだ。

楓子が薄い笑みで語り出した。

「堀田真咲ちゃん。二月十四日生まれ。『キュート』の読モがメインだけど、デビューは『プチ・キュート』六月号の読モで、十二歳のとき。そのときの撮影場所は原宿で――」

「え……？」

楓子が何かに取り憑かれたようにとうとうと言葉を並べた。

掲載雑誌、撮影場所、服装、そのひとつひとつへの感想……。

学校での毎日のお弁当のメニュー、授業のときの様子、近所のスーパーでの買い物風景まで、楓子は真咲のことをぺらぺらしゃべり続けた。

話すほどに楓子は自分の言葉に恍惚としていく。

「ね。真咲ちゃん。わたし、真咲ちゃんのこと、すごく知ってるんだよ？」

「あ、ありがとう……？」

「転校してきたときは、夢みたいで心臓が止まりそうだった」

「そ、それはそれは――」

「それなのに」楓子の瞳が、途端に闇深くなった。「どうしていつも霧島圭介と一緒にいるの？　ショッピングモールできちんと言えばよかった。義理の兄だかなんだか知らないけど、あんな暗くて背も低くて地味でうだつの上がらない男がそばにいたら、真咲ちゃんが穢されちゃう。真咲ちゃんは男なんかと一緒にいちゃダメだよ。もう我慢できない」

危険なにおいがする。

ストーカー、という言葉が頭をよぎった。

「あ、あたしは大丈夫だから」

「一緒の家に住んでるんだよね？」

「義理のお兄ちゃんだし」

楓子の闇が一段と深くなった。

「毎日一緒にご飯食べて、毎日一緒にお風呂に入って、毎日一緒にベッドで寝て……。あ

プラネタリウ
PLANETAR
時着てたお洋服とってても似合ってたよね。綺麗な顔立ちでス
いいから何でも似合うんだよね。先月号の雑誌もちゃんと買
とってても綺麗だった!!お洋服が素敵なのはもちろんなん
ちゃんだからあれだけ映えると思うの。あの表情も本
よ。最近何か
たのかなっていうのが伝
変わったよね。
んだけど、意外とお
にストイックなのが正解だな
いる時の真咲ちゃんのお顔がとって
たからね。それに
してもたくさん買うものだから、真咲ちゃんの白くて透明感のある綺
麗な腕が痛くなっちゃわないかなって心配したんだよ。お母さんと二
人暮らしにしては多いなって思ったけど、再婚したんだっけ。もしか
してあの時楽しそうだったのって…いやいや、そんなわけないよね。

んな毒虫、いますぐ駆除しないとダメだ」

「なに言ってるの……？」

「それとも、あの男にもう穢されちゃったの？」

「そんなことしてないし!?」

しかし、楓子はもうこちらの話を聞いていない。

「安心して。霧島圭介、駆除するね。大丈夫。住所は知ってるから。そうしたら、ふたりで楽しく遊ぼう？　ああ、真咲ちゃんと毎日一緒なんて夢みたい」

得体の知れない恐怖が真咲を襲う。

読モをしていて、ときどき「熱量の高すぎるファン」からの手紙をもらうことはあったが、遭遇は初めてだった。

どうしたらいいのかわからない。

その間も、楓子はひとりで「ふたりの夢」とやらをぶつぶつしゃべっている。

怖い……。

けーちゃん、助けて――。

圭介がトイレから戻ってくると、異様な光景が待ち受けていた。

真咲が、楓子に詰め寄られていたのだ。

何事かと思ってみていたが、楓子の表情がただ事ではない。

瞳孔が開いていて……少しヤバい？

しかも、真咲が怯えているように見える。

圭介は声をかけた。

「花岡さん、どうしたの？」

すると、真咲がおびえきった表情で圭介の後ろに隠れるようにした。

楓子はと言えば、茶道部では見たことがない憎悪の表情を見せる。

「霧島圭介。汚らしい。わたしの真咲ちゃんから離れなさいよッ」

楓子の悲鳴じみた声に、周りの目が集中する。

「な、なんだ、これ……」

「早く離れなさいって。警備員呼ぶわよッ」

「は？」

楓子が真咲に虚無な笑みを見せた。

「真咲ちゃん。ふたりで帰ろ？」

どういうことかと真咲を振り返れば、彼女が震えている。

「真咲？」

「わ、わかんない。楓子ちゃん、もしかして——あたしのストーカーかもしれない」

「ストーカー?」

楓子が圭介を睨んだ。「わたしは真咲ちゃんを純粋に永遠に愛しているだけ。毛深くってくさい男の獣欲から守ってやるの」

むき出しの敵意と害意。圭介は鳥肌が立った。

「おい。ストーカーだとしたら、警備員来たりしたらおまえが困るんじゃないのか」

「わたし、ストーカーではないもの。わたしは真咲ちゃんの純粋なファン」

「それがヤバいんだろ」

そこへ、警備員がふたりやってきた。

「女の子ともめているって聞いてきたけど、きみ?」

と圭介に詰め寄る。

「え? 俺?」

目つきの悪い自分の顔を恨んだ。

「そうなんです。ずっとつきまとって」と楓子が言った。

「ちょっと話を聞いていいかな」と警備員が圭介を連れて行こうとする。

そのときだった。

「待って!」真咲が大きな声を出した。震える声で続けた。「その男の人はあたしの彼氏で、こっちの女の子があたしをストーキングしてるんです」

　楓子の表情が固まる。

「なに言ってるの？　真咲ちゃん。同じ茶道部の友達じゃない」

「事実を言っただけ。ごめん。楓子ちゃん。あたし、あなたとはお友達になれない」

　真咲が言い切る。楓子はしばらく呆然としていたが、いきなり口汚く真咲を罵り始めた。

聞くに堪えない言葉を散々投げつけ、言葉が尽きると楓子は大声で泣き始めた。

　警備員は楓子を連れて行った。

　真咲が思い出したように圭介の顔を凝視した。

「圭介、大丈夫!?」

「俺は平気だけど……怖かっただろ？」

　真咲はどこか思い詰めたような顔になった。

「けーちゃん、迷惑かけてごめんなさい」

　そう言い残すと、真咲は走り出した。

「真咲！」と呼びかけるが、真咲は振り向かない。

　すぐに圭介は追いかけようとしたのだが、「きみも、少し話を聞かせてください」と再び警備員が声をかけてきた。

　そのあいだに真咲の姿は消えてしまった。

第十八章・かくれんぼ

警備員のところで少し時間がかかった。被害の当事者である真咲がいなくなってしまったせいだった。ショックを受けて帰ってしまったとごまかしたものの、監視カメラをチェックして状況確認をして、結局三十分くらい時間を取られた。

スマホで《諸々処理してプラネタリウムから出た。いまどこ?》と真咲に送ってみたが、既読スルーされた。

駅前にはいない。

急いで家に戻ってみたが、灯りがついてなかった。なかに入っても、真咲の靴がない。

よほど、ストーカーとの遭遇がショックだったのか。

しかもそれが、同じ高校の茶道部の部長だったのだものな。

とはいえ、放っておけない。

「どこへ行ったんだ?」

もう一度駅前に戻り、辺りの店を覗いてみる。

カフェもファミレスも、スーパーも見たが真咲はいない。

スマホを見ても真咲からは何もない。

しばらく迷って圭介は玲奈にメッセージを送ってみた。
《真咲と一緒だったりする？》
即行で既読がつき、返事が来た。
《一緒じゃない》《っていうか、今日プラネタリウムだったんじゃないの？》
どうやら玲奈には今日の予定を告げていたらしい。
《はぐれた》と圭介が返すと、《ざけんな》《真咲ちゃんになんかあったらシメる》と恐ろしい返事が返ってきた。
圭介はもう一度、辺りを見回した。
「ほんと、何かあったらどうするんだよ」
夜の町を、おとなびた美少女がひとりでさまよっているのだ。
もう少し自分の魅力を自覚しろよ、と心のなかで悪態をつく。
そんなことをしても真咲は見つからないのだが……。

駅前を二周し、家にもう一度戻ってみたが、まだ帰っていない。

インドア陰キャの圭介はすっかり息が上がっている。

「まったく。どんなかくれんぼだよ」

荒い息をつきながら額の汗を拭ったとき、自分の言葉にはっとした。

かくれんぼ？
そうか。いまは〝かくれんぼ〟なのか。
おびえて混乱した真咲が、どこかに隠れてしまった。
でも、かくれんぼと言えば――。
圭介は駅とは反対側に走り出した。

夜の公園は少し怖い。
学校とか病院とかもそうだ。
昼間がにぎやかであればにぎやかであるほど、夜になると怖い。
小さい頃なら親が迎えに来てくれる。
大人には迎えはない。
だって大人は公園で遊ばないから。
では、高校生はどうなのだろうか――？

かっぱ公園に着いた圭介は、さっと視線を走らせた。ある場所を見て心の底から安堵（あんど）すると、乱れた息を少し整えた。

街灯に照らされてオレンジになったブランコに、真咲は座っていた。

真咲はうつむき、圭介(けいすけ)に気づいていない。

「まーちゃん、みーつけた」

真咲が顔をあげた。

「あ。けーちゃん」

圭介は笑った。

「かくれんぼは危ないからもうしないって、小さい頃に決めたじゃんか」

「……そうだったね」

真咲がまたうつむく。

「あいつはたぶんもう大丈夫だよ。親にも学校にも連絡が行くらしいし」

「…………」

「――読モって大変な仕事なんだな。怖かったよな」

「……違うの」と真咲が小さな声で答えた。

「違う?」

「あたし、なんにもできなかった。楓子(ふうこ)ちゃんが怖くて。警備員が来てもなにも――」

「真咲……」

「けーちゃんのまえでは最高のあたしでいたいって、いつも思っているのに」

風が吹いて公園の桜の枝がそよいだ。緑の葉が触れて音を立て、地面に影を落とす。

真咲の隣のブランコに、圭介も腰を落ち着けた。

「真咲はかっこいいもんな。きれいでかわいくて、背も高くて運動もできて、みんなに人気がある」

「そんなんじゃ……」

「でも、まーちゃんはかくれんぼでどっか行っちゃって、転んで泣いちゃったりすることもあって、でもすぐに走り回って、男の子みたいだった」

「…………」

「幼なじみの親友で兄妹なら、情けないところだって見られたっていいんじゃないかな」

「けど――」

圭介は真咲の目を見て、言った。

「そんな姿を見たからって、俺は〝真咲〟を嫌いになったり見下したりなんかしない」

「けーちゃん……」

圭介は少し頬を緩めた。

「俺だって、熱で倒れたり、中学のときのいじめの黒歴史に遭遇したり、とっくの昔に真咲に情けないところを見られまくってる。――真咲は俺に幻滅した？」

「そんなことあるわけないじゃんっ」

と真咲が強く否定する。

「俺も同じだよ」

「…………」

「あー。でもそれを言ったら、俺はそもそも〝ぼっちな陰キャ〟だってのを真咲に見られてんだったな」

圭介は頭をかいた。

「ふふ。けーちゃん、ウケる」

「別に身を挺したギャグじゃないところが、悲しいところだけどな」

でもその効果はあったようだ。

「ふふ。はは。あはは――」

夜の公園に、真咲の笑いが広がる。でも、真咲の目からは光るものが流れていた。

しばらくして笑い声を止めた真咲が話し始めた。

「あたし、ママに心配かけたくなくていつも明るくいようと思ってた。そうじゃない自分を見せたらダメだって」

「俺も似てるけど、俺の場合は中学の事件のおかげで、籠もるほうを選んだ。自分のことはどうでもいい。人に譲っていればうまくいく、って」

どちらからともなく、ブランコを少し動かし始めた。

「けーちゃんは——変わってないと思う」

「え？」

「あたしの、変わってないあたしを見ても、変わらないでいてくれているから」

圭介は少し大きくブランコをこいだ。

「俺が熱を出したら、真咲まで風邪がうつって熱を出す。俺は中学のときのいじめっ子を真咲に撃退してもらって、真咲はストーカーで動けないところに俺が助けに入れた」

「ふふ。そうだね」

だから、どっちかが欠けちゃいけないんだ。

けれども、気恥ずかしくて。

ブランコを止めると、口では違うことを言った。

「——真咲。ありがとう」

「え？」

「警備員が来てもなにもできなかったみたいに言ったけど、真咲のおかげで俺は警備員に連行されなかったたし、花岡楓子をストーカーと言ったからあいつは化けの皮が剝がれた」

「………」

「まーちゃんはストーカーに勝ったんだよ」

「そう、なのかな……？」

圭介は真咲をじっと見た。

「――真咲。でもこの次、同じようなことがあったら真っ先に俺を頼ってくれ」

「え？」

「俺じゃ頼りないかもしれないけどさ。真咲だけを闘わせたりしない」


小さい頃、公園でまーちゃんが悪ガキどもにいじめられたときのことが思い出される。

まーちゃんを守るのは、俺だ。


真咲が長い脚を使ってブランコを止めた。目に大粒の涙が溜まっている。

「怖かった。怖かったよぉ、けーちゃん」

圭介が立ち上がると、真咲が抱きついてきて号泣し始めた。

「うん。うん」

圭介は真咲の冷たい黒髪をなでつづけた。

しばらくして泣きやんだ真咲がにっこり笑った。

「ありがとう、圭介」と……。

エピローグ

公園から家に帰って圭介がシャワーからあがってリビングに行くと、真咲だけがいた。

まだ両親は帰ってきていない。

「親父（おやじ）たちは？」

「もう少しだって」

真咲が立ち上がって冷蔵庫から小さな箱を取り出した。

家に帰る途中で真咲が買ったホールケーキだった。ふたりぶんくらいなので、サイズは大きくない。

どうするのだろうと圭介が見ていると、真咲はフォークを二本を用意し、テーブルに置いて椅子に座った。

両親がいるときと同じように、ふたり並んで座っている。

フォークの一本は圭介に。

もう一本は真咲自身に。

真咲が言った。「ケーキ、食べよ？」

「いま？」家族で食べるには小さなサイズだったので、てっきり両親へのお土産だと思っていた。

「うん」と言って真咲が伸びをした。「安心したらお腹すいちゃったからさ」

「けど、この食べ方って」

「包丁で切ると、どうしてもクリームがついてもったいないじゃん？」

「…………」

真咲が妙に決意をみなぎらせて頬を紅潮させている。

「ほ、ほら。うちらって幼なじみで親友だし。そのうえ家族だし。兄妹だし」

「そ、そうだな。親友で兄妹だしな。ははは」

フォークを構えて、再びふたりとも黙りこくった。

「さっき、楓子ちゃんに捕まったとき、『けーちゃん、助けて』って心のなかで叫んでた」

「そっか」

「昔、公園で一緒に遊んでた頃にも、近所の悪ガキにあたしがいじめられて。そうしたらけーちゃん、『かたきうちだー』って」

「それで返り討ちに遭ったっけな。はは」

真咲は首を横に振った。

その目からまた清らかなしずくがとめどなくこぼれている。

「昔もいまも、圭介はやっぱり、あたしのヒーローだ。圭介はいつもあたしを応援してくれる。力をくれる。やる気を、勇気をくれる」

　しかし、圭介も言った。

「俺だってそうさ。真咲の励ましは本当に俺を押してくれる。俺の応援が真咲に力を与えているなんて嘘だよ。真咲だから、俺の応援を力に代えてくれているんだ」

　真咲が圭介を自分の力の源と見てくれるように、圭介にとっては真咲こそがいろいろな力の源だった。

　真咲が圭介の肩にもたれかかる。

　ふわりとシャンプーの香りが迫った。

　真咲の頭の温かさと重みが、圭介をどこか甘く、苦しい気持ちにさせる。

　圭介は動けなくなった。

　真咲も動かない。

　圭介が頭を動かすと、頬に真咲の髪が当たった。それでも真咲は動かない。目だけ動かすと、真咲の胸がゆっくりと何度も大きく上下しているのが見えた。

　どのくらいそうしていただろう。

　真咲の呼吸がもう一段大きくなって。

　圭介は口のなかに溜まった唾を飲み下す。

　真咲があえぐように声を絞り出した。

「あたしが、幼なじみの頃から圭介のことを好きだったって言ったら……重い？」

圭介は生唾をのみ込んだ。

真咲はそれ以上なにも言わず、うつむいている。

沈黙を破ったのは圭介だった。

「それって、真咲……」

「……ん」

真咲が何かを期待するように圭介を見つめている。

圭介は言った。


「このまえメイド衣裳着たときに玲那が真咲に言わせた、マンガ『暴君侯爵の溺愛メイド』のワンシーンのもじりだな!?」


「へ？」真咲の涙が止まった。

「ほら、言ってたじゃんか。『あたしが昔からご主人さまのことを好きだったって言ったら……重いですか？』って。俺もドはまりして徹夜して読んだんだけど、おもしろいよな。真咲もハマったの？」

真咲が百面相をしている。

「あ、いや、その……」

「ん?」

「じ、実はそうなの。あはは」真咲は頭をかいた。そして小声でつけ加えた。「あたしのばかぁ……」

そのときインターホンが鳴った。

英一郎とゆかりだった。たまたま駅で一緒になったのだと言う。

「こんな偶然ってないよね」と、ふたりでサイゼリヤに寄ってグラスワインでデートしてきたのだと言う。

「はいはい。ごちそうさま」と真咲があきれている。

「ごはんはどうする?」と圭介。「用意これからなんだけど」

「だったらピザでもとりましょう」と言うゆかりの頬が赤い。

「いいの?」

「ワインデートの続き」

「はいはい」

英一郎がケーキを見つけた。

「お。かわいらしいケーキがあるな」

「四等分して食べましょ」

「あ、いや、それは――」と言いかけた真咲だったが、「ピザのあとでみんなで食べようね……。あたしのばかばかばかばか」

やれやれ。両親が帰ってきて途端ににぎやかになった。

注文したピザを圭介が受け取る。振り返ると真咲も玄関に来ていた。

「ピザ、来たよ」

と言うと、真咲が圭介に肩をちょっとぶつけてきた。

「えい」

「なんだよ」

「ううん。あたし、ほんとに幸せ」

「そうかい?」

「おいしいものをけーちゃんといっしょに食べられるし、けーちゃんはかっこいいし」

「俺はかっこよくない」

真咲がピザの箱をひとつ取った。

「圭介と初めての旅～。夏休みは草津がいいかな～。軽井沢がいいかな～」と真咲がピザの箱を手に踊っている。

「家族旅行だぞ」

「パパとママのふたりきりにしてあげないと」

そうなれば、必然的に圭介たちもふたりきりになる。

「そんなところ、お金どうするんだよ」

と圭介が心配という名の抵抗をしたが、真咲は明るく手を振った。

「日帰りなら大丈夫大丈夫。いざとなればあたしのモデル料がちゃーんとあるし。――草津には混浴の露天風呂もあるんだよ？　マジあがるっ」

「軽井沢にしよう」

「小さい頃の水かけ遊びの再現だと思えば」

「スマ○ラでいいだろ」

「やっぱり生の体験ってマジ大事だと思うんだよね」

「そもそも温泉で騒ぐな」

真咲の肌を誰にも見せたくないのだ、と言いかけた自分に、圭介はどこかまだ真正面から向き合えない。

真咲との初めての夏休みはもうすぐそこまで迫っていた。

（了）

あとがき

みなさま、こんにちは。遠藤遼(えんどうりょう)です。このたびは、『昔の男友達と同居をはじめたら、実は美少女だった1 ～距離感があの頃のままで近すぎる～』をお手にとってくださり、ありがとうございます。

幼なじみ。小さい頃はどこかで人は別れるときがあるなんて考えないがゆえに、無邪気なのに配慮に欠けて、長続きしなかったり、お互いの消息がわからなくなったりしている相手もいるかもしれません。かくいう私がその典型で、ふとした拍子にクラスメイトに会いたくなっても、会いたい人ほど連絡先もわからなくなっているものです。

もしその幼なじみと再会できたら――ちょっとうれしいかも。

まあ、言うほど幼なじみや小さい頃の友達がいたわけでもないのですけど……。

読者のみなさまは幼なじみ、昔からの友達をぜひ大切にしてくださいね。

いつものことながら、書籍化してくださいましたオーバーラップ文庫編集部のみなさま方はじめ、すべての方々に心より感謝申し上げます。特に、かふか先生には、素敵なイラストを描いていただきました。本当にありがとうございます。やさしい雰囲気で温かくて素敵です。何よりも、読者のみなさまに、心からの感謝を捧(ささ)げます。

二〇二四年二月　遠藤遼

昔の男友達と同居をはじめたら、実は美少女だった 1
～距離感があの頃のままで近すぎる～

発　　行　2024年2月25日　初版第一刷発行

著　　者　遠藤 遼
発 行 者　永田勝治
発 行 所　株式会社オーバーラップ
〒141-0031　東京都品川区西五反田 8-1-5
校正・DTP　株式会社鷗来堂
印刷・製本　大日本印刷株式会社

Printed in Japan　ISBN 978-4-8240-0733-9 C0193

作品のご感想、ファンレターをお待ちしています
あて先：〒141-0031　東京都品川区西五反田 8-1-5 五反田光和ビル4階　ライトノベル編集部
「遠藤 遼」先生係／「かふか」先生係

PC、スマホからWEBアンケートに答えてゲット!
★この書籍で使用しているイラストの『無料壁紙』
★さらに図書カード（1000円分）を毎月10名に抽選でプレゼント!

▶https://over-lap.co.jp/824007339
二次元バーコードまたはURLより本書へのアンケートにご協力ください。
オーバーラップ文庫公式HPのトップページからもアクセスいただけます。
※スマートフォンとPCからのアクセスにのみ対応しております。
※サイトへのアクセスや登録時に発生する通信費等はご負担ください。
※中学生以下の方は保護者の方の了承を得てから回答してください。

オーバーラップ文庫公式 HP ▶ https://over-lap.co.jp/lnv/